Diego Cornejo Menacho

Las segundas criaturas

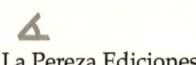

La Pereza Ediciones

Título:
Las segundas criaturas

De esta edición 2020, La Pereza Ediciones, USA
www.lapereza.net

ISBN: 978-16-23751-66-1

Diseño de los forros de la colección:
Estudio Sagahón / Leonel Sagahón
www.sagahon.com

Diego Cornejo Menacho

LAS SEGUNDAS CRIATURAS

Novela

A Lucas y Ema Van Parys
A Sienna y Milan Starnfeld

*Ninguna vida es una novela,
pero para vivirla nada hay mejor
que una novela.*

MARCELO CHIRIBOGA
LA CAJA SIN SECRETO

En suma, no poseo para expresar
mi vida, sino mi muerte

—Déjame oír a Edith Piaf.

Marcelo Chiriboga sabía que se estaba muriendo, mucho más tarde de lo que había imaginado cuando era un muchacho, en Riobamba, a esa edad en que algunos somos involuntariamente inmortales y se nos da por calcular cuándo llegará nuestro fin (una travesura inocua, la ruleta rusa con el tambor vacío). En su caso, se le había dado en una época y en un país en que llegar a los cincuenta significaba hundirse en el desconsolador mundo de los ancianos. Si paso de 1988 me pego un tiro porque voy a oler a meados y a comino, como mi abuela, había decidido a los dieciocho años. Pero se moría a los sesenta y dos en París, mirando por la ventana de su piso del 25 rue Brea la obstinada luz mate del primer otoño del siglo veintiuno que embadurnaba de gris sus amados árboles del bulevar Raspail y lo imbuía de esa nostalgia que él dejaba crecer, como el caudal de un tóxico río inte-

rior. Observaba esos árboles con la patética creduli-
dad de quien ama lo ajeno que imagina propio, como
siempre los vio a través de los cristales, sentado en un
café o caminando a su sombra, con sus perros, aunque
ahora una irisación de desconsuelo se iba acentuando
sordamente en su mirada. Quizá quería ver a través
de esos árboles las ventanas del gran apartamento de
Romain Gary, donde la gringa había vivido y enloquecido y donde, poco después, él se pegó un tiro. Era la
conciencia del abandono inminente, inevitable —*va
buscándome, con su coñac, su pómulo moral, sus pasos
de acordeón*— tras el cual sus árboles seguirían allí, tal
como su amado Géricault sobre la estufa si la impaciente Adèle no lo convertía en francos de un día para
otro, igual que la Gioconda en el Louvre o el decadente
Art Deco de La Coupole, donde solía invitar a escritores
y periodistas al curry de cordero de la India que, por
supuesto, se seguiría sirviendo en vajillas de Limoges,
para in sécula seculórum.

—Quiero escuchar *La vie en rose.*

Adèle alzó sus ojos azules al cielorraso, aspiró y se
puso de pie, de mala gana. Dejó el libro que estaba
leyendo, *Donde van a morir los elefantes.* Colocó el
disco compacto. Sonó la música. No dijo media palabra,
como si la paciencia le hubiese cortado la lengua; si no
era eso, entonces era el fastidio que le causaba el tono
de ese *quiero escuchar*, muy parecido a una orden y tan
lejano de un ruego. Volvió a la lectura como se regresa a
una tienda de campaña cuando ocurre un haboob en el

Sahara. Su estoica actitud se alimentaba de unos pecios desperdigados de lo que alguna vez había sido amor — ahora era clemencia — y de un egoísmo inconfesable y contrahecho: el tiempo estaba a su favor y faltaba poco para que estuviera sola. Su longanimidad hablaba de las intensas ganas de volver a vivir que guardaba su corazón. Adèle se dirigía a esa soledad como quien va a una emancipación prevista en el horóscopo y la vislumbraba como el fin de una odiosa rutina, el arribo al dominio absoluto de los espacios domésticos, con él, su marido, convertido al fin en un recuerdo desaborido bajo una lápida en Père Lachaise; pero, sobre todo, significaba el reencuentro con su París, la amada ciudad adoptiva, la madre francesa que nunca tuvo.

Quand il me prend dans ses bras, il me parle tout bas, je vois la vie en rose. Marcelo cerró lo ojos para dejarse llevar a un abrevadero de la memoria. Lo conducían el timbre de esa voz táctil y empalagosa y las briosas cuadrigas de la morfina.

—Estás pensando en ella, chéri.

Adèle hizo el comentario como si se tratase de una antropóloga registrando el comportamiento de un espécimen en agonía y tomara notas para su estudio —el rencor siempre puede más que la paciencia o el fastidio—. Continuó con los ojos en el libro. No tenía interés en ver el efecto de sus palabras, como antes, cuando disfrutaba sintiéndose cruel, vengativa, una bruja sin escoba pero malévola. Sabía, o intuía, que Marcelo estaba extraviado, borracho, debido al opio terapéutico, buscando a María Cayetana, al fantasma de esa mujer y al recuerdo de un encuentro efímero, más imaginado que real: los dos, maduros, solos en una gran sala; un beso interminable, goloso, entre tanto simulaban bailar abrazados o intentaban hacerlo con torpeza; esa canción en los oídos; mucha saliva; pocas palabras, dos adolescentes decrépitos; dos personas grandes haciendo el ridículo forzoso, porque sin ordinariez no hay amor o algo que se le parezca.

Él sintió el puyazo pero se mantuvo inmóvil, controlando la irritación: las cinco palabras de su mujer habían saboteado la evasión. Adèle lo supo, naturalmente. Se detestaban, como si tenerse entre ceja y ceja hubiera estado escrito. Mantenían las formas —eran parisinos por adopción, al fin y al cabo, mundanos habitantes del Quartier Latin: en público se trataban de chéri para demostrarlo— pero en los últimos años se hacían pequeñas canalladas cotidianas.

—No. No estoy pensando en ella, Elena Adelaida.

Chiriboga devolvió el varapalo sin abrir los ojos. Fue un golpe ruin. Durante mucho tiempo, Adèle de Lusignan y él rieron con traviesa complicidad por lo que pudieron llegar a hacer, de lo que llegaron a hacer para disimular sus orígenes, pero, ahora, después de veintitrés años de vida en común, ella simplemente odiaba que Marcelo le recordase su pasado: Elena Adelaida quería decir Elena Adelaida Gómez Rivas, berazateguense, enemiga apasionada de Eva Perón y fanática de Astor Piazzolla —nunca supo bien qué era lo que sentía por Carlos Gardel, pero eso ya no le preocupaba—, actriz fracasada de modesto renombre a la que se reprochaba la manía de eliminar matices: podía llegar a compararse con Eleonora Duse sin sentirse ridícula. Poseía aquella hermosura mediterránea que gustaba a los hombres de esa época, gracias a la que, con veintiocho años, actuó en alguna película junto al famoso cómico Louis de Funès. Pintora mediocre, discreta diseñadora de ropa, aseguraba que había vivido la infancia en una casona esquinera de Callao y Posadas, en la Recoleta bonaerense, así que era una porteña de esencia, a mucho orgullo, che. Nunca admitiría que su padre había sido un obrero de Cristalerías Rigolleau, en Berazategui, ni que allí había vivido en un entorno familiar de inopias hasta los diecisiete años, en que dejó la casa paterna para irse con un jockey a cabalgar en el hipódromo de los descubrimientos. Luego de dos años, mientras él corría el derby argentino, lo abandonó por un semental italiano que dirigía una compañía de teatro contestatario que resistió varias temporadas en las tablas del Sarmiento. Renato Peruzzo —un bell'Antonio, claro que sin la desgarradora impotencia del que encarnó Mastroianni— la enamoró administrándole con sabiduría un dulcísimo cóctel de talento y sensualidad, y la convirtió en actriz. En el escenario del Sarmiento, Adèle interpretaba penosamente a la confundida Lizzie, de *La mujerzuela respetuosa*; un uruguayo de Tacuarembó, al desafortunado Negro; el propio Peruzzo hacía de Fred, naturalmente.

¿Dónde estás Renato? Dove sei?, susurraba, cuando la memoria le ponía una zancadilla o la enganchaba con un señuelo. Para sublimar la sangre juraba que su abuela materna estaba remotamente emparentada con la casa medieval de los De Lusignan, que habían reinado en Jerusalén y en Chipre y, tras perder sus coronas, se habían establecido en Veneto. Y él, que tenía sus raíces en la familia ducal Chiriboga de Guzmán y Dávalos, relacionada con el célebre Guzmán El Bueno, que se llenó de gloria en Gibraltar; con el afamado Garcilaso de la Vega y Guzmán, caballero de Santiago, espía de la reina Isabel y figura de la poesía castellana; con Enrique de Guzmán Medina y Dávalos, de la casa de Medina Chiriboga, quien contribuyó para el viaje de Colón al Nuevo Mundo, piadoso embajador de la santa causa y defensor de la Purísima Concepción; así como con Martín de Saavedra y Chiriboga de Guzmán, andaluz, presidente de Nueva Granada, pero usaba únicamente un nombre y un apellido en sus libros y en sus documentos de viaje, vulgarizándose a conciencia: decía que era su tributo personal al espectacular desarrollo teórico del pensamiento materialista y a las conquistas históricas de la humanidad en el siglo veinte. Si Proust había sido solamente Proust, ¿por qué él no iba a ser simplemente Chiriboga?

—Eres un canalla, ecuatorianito de mierda.

C'est toi pour moi. Moi pour toi dans la vie, il me l'a dit, l'a juré pour la vie: la Piaf no dejó oír el chasquido de lengua y paladar y el resuello de Marcelo; asimismo,

tapó el crujir del sillón de cuero que registraba la geoló-
gica lentitud con que se movía el hombre, doblegado
por el mal. Ya poco o nada quedaba del *pájaro vistoso*
que había visto en él el chileno José Donoso, quien lo
envidiaba sin poder evitar que su sentimiento fuese
notorio —los escritores son como putas caras: su perdi-
ción es la plata, pero ocultan la avidez de calderilla con
pueriles recatos y falsas arrogancias, y los editores se
suponen la rancia aristocracia del negocio. Por eso,
entre editor y autor el tema tabú es el parné: al autor
le da vergüenza y el editor no lo encuentra elegante.
Y, si de sus colegas de oficio se trata, los escritores se
convierten en irritables damiselas porque los otros
representan una odiosa amenaza, peligrosos competi-
dores que disputan a mordiscos y golpes bajos la clientela y el comentario del cliente satisfecho: el comadreo
es lo que mueve el negocio, también el del sexo.

Su piel estaba más oscura, los devastadores medi-
camentos habían consumido la cabellera blanca que
contrastaba con su piel indiana —eso de ser canoso
le venía de familia y su cabeza blanqueó, de buenas a
primeras, a los treinta y dos años— y los huesos facia-
les se le estaban pronunciado angularmente, como si
trozos de piedra pómez pugnaran por salir o se prepa-
raran para ello. ¿Para sólo morir, tenemos que morir a
cada instante? Tenía ya los dientes pardos y los ojos
como los de Brando en el papel del viejo don Vito
Corleone, se posaban en las ventanas o en el retrato de
la pequeña Louise Vernet con su gato atigrado, por el

que había pagado una fortuna, y que había desplazado de ese lugar al retrato de Adèle, un acrílico del afamado Pablo Oquendo, que colgaba ahora en su recámara. Raramente se detenía en las demás cosas o en los otros, como antes sí, cuando era consciente de lo irritante que podía ser su mirada, y refunfuñaba porque cada día eran más grandes las dificultades que encontraba para leer y más frecuentes sus extravíos mentales, que el médico explicaba por la hiperamonemia y él negaba con la cabeza. Es la locura, doctor, es que al fin me estoy volviendo loco, le decía, con algo de jactancia, como si perder el juicio fuese el soplo final de las inteligencias portentosas, o la última y definitiva prueba, si no de la genialidad, al menos de la diferencia. Es que lo había invadido una aguda morriña que lo obligaba a transitar por extraños senderos donde se encontraba con espectros que lo habían estado aguardando para presentarse con palabras y gestos, en lugares y hechos que únicamente él podía imaginar. Los escondía en un pudoroso silencio —desconocido en él, un seductor con la palabra y la lógica, que asumía, de ese modo, una metamorfosis inapelable— porque se había resignado a perder la razón antes del final, sintiendo una curiosidad infantil; no obstante, es posible que fueran esos fantasmas los causantes de su melancolía: en el abatimiento el efecto se envaina con el motivo, como en la pregunta del huevo y la gallina.

—Oye, Polaca, ¿crees que soy eso que dice Adèle?

Me llamaba así desde que nos conocimos. Aun cuando en esa ocasión le repetí mi nombre varias veces, él pareció ignorarlo, como si me dijera: para mí, eres única y diferente, mujer, yo te rebautizo con un sobrenombre que será nuestro vínculo indisoluble, para que algún día pueda yo ser digno de soltarte los cordones de los zapatos. La pregunta de Marcelo no me encontró desprevenida. Por el contrario, la veía venir, como cuando se espera el agua bajo un cielo recosido de nubes tripudas y la temperatura del aire baja de sopetón. Si los dos se daban de cantazos en mi presencia, de ordinario él zanjaba el pleito pidiendo mi opinión. Lo hacía a sabiendas de que me colocaba en un lugar incómodo, lo que yo le reclamaba, en un comienzo; luego, dejé de hacerlo ya que perdió sentido cualquier reproche cuando, sin razonarlo ni sentirlo, los tres nos acostumbramos a la rutina del toma y daca de los alfilerazos y el subsiguiente veredicto de mi *arbitraje* que, por cierto, no liquidaba el pleito, sino que lo postergaba, como el campanazo que anuncia el fin de un asalto en el boxeo. Incluso, antes de que él enfermara, los tres comprendimos que el amor entre los dos había terminado: el reconcomio no tenía que ver con la galopante dolencia física, que lo había pillado *en curva*, como él solía decir, sino con el tedio, el hastío y la inútil obsesión por afirmar su virilidad, por lo que podía llegar al ridículo, sin que le importase. De ello culpaba a Adèle, pero no de su mal humor o del reciente temblor de manos que parecía tornarse en algo crónico; al menos, él nunca se lo achacó verbalmente. Es seguro que avivaba el encono hacia ella como si él soplase un rescoldo, atrapado en un silencio mineral, muy andino. El último papelón lo había protagonizado en San José, una pequeña ciudad de California, poco antes de que el médico le anunciara que le quedaba un año de vida, con suerte dos. En realidad, a su regreso de Estados Unidos empezó a sentir mareos recurrentes y una sensación de cansancio y debilidad desconocidas, que lo obligaron a someterse a los exámenes médicos. Diagnóstico: insuficiencia hepática. Le entró comején al piano, me escribió a Barcelona, entonces, como si el humor cáustico que lo caracterizaba pudiera restar importancia a lo que en realidad le estaba ocurriendo; pero, él intuía que la dichosa insuficiencia era apenas una señal de algo innombrable que estaba creciendo en sus entrañas. En San José, la gordísima Rubi Macnamara —veintidós años menor que él— le había encendido la imaginación como a un adolescente, para luego dejarle con los churos hechos, según dicen los ecuatorianos cuando se refieren a eso. Era una antigua fantasía: Marcelo siempre había soñado con provocar orgasmos múltiples a una mujer obesa y ser el testigo de excepción, estar en primera fila cuando ello ocurriera y sumergirse en los humores genitales, por algo que le venía de la infancia, y, cuando se le presentó la oportunidad, se encaramó envalentonado en la voluminosa Rubi. Pero, en ese momento, que tiene el misterio de toda primera comunión, ella no pudo evitar que su risa de gringa golosa se le convirtiera en un resuello nervioso, incontrolable, lo más parecido a una ducha de agua helada. Sorry, daddy.

—¿Soy eso que dice Adèle? —insistió, sin dejar de mirar el cuadro de Géricault.

Dos días antes, había llegado a París con una pequeña valija y el propósito de arreglar cuentas pendientes con Marcelo, antes de que fuese demasiado tarde. Mi agencia lo representaba desde que *La caja sin secreto*, la novela que escribió en México, causó gran entusiasmo en los círculos literarios por su audacia formal y lo apasionante del argumento. Como William Faulkner o Gabriel García Márquez —no hay muchos más—, Chiriboga fue afortunado con la capacidad de crear una gran ficción en un libro que proponía una novedosa construcción estilística y, a la vez, una historia de vida y acción, de pensamiento y de pasión. Así lo destacó un conocido escritor y crítico literario en un ensayo sobre John Steinbeck. Cuando leí el manuscrito, quedé seducida por el gran Buenaventura del Espíritu Santo, inolvidable héroe de esa novela y, aunque me costó trabajo, logré persuadir a Juanito Anaya, quien apostó por ella con el mismo ánimo del que arriesga su dinero por un caballo nuevo y un jinete desconocido, aun cuando no era sino una voz confiable la que se lo había sugerido al oído. En un comienzo, los críticos no la entendieron, como sucede con las grandes obras, pero, luego, el consenso fue que *La caja sin secreto* significó un punto de inflexión en la literatura escrita en castellano. Severo Sarduy, de Éditions du Seuil, vaticinó que *La caja sin secreto* no sería un best seller, pero estaba convencido de que se convertiría en un long seller. Su pronóstico se cumplió, porque se la sigue leyendo con curiosidad y apetencia veinticinco años después de su primera edición.

—Sí y no —respondí.

—No me vengas con juegos de palabras —reclamó Marcelo. Adèle me miró. Supuse que esperaba mi solidaridad.

—No eres un canalla. Sí eres un ecuatoriano de mierda.

Pronuncié todas las palabras lentamente, en tono conciliador. Miré a Adèle, que hizo una mueca y volvió a su lectura. Marcelo continuaba con los ojos cerrados: imaginé que escuchaba con desconfianza sus borborigmos, mientras echaba en falta al viejo Yuk en el regazo, con el dulce calorcito de Smarrh, de carne y hueso, a sus pies. Amaba a sus odiosos King Charles Spaniel como si fuesen sus hijos. Al abandonar a Clementina, su primera mujer, había decidido no tener descendencia. En alguna ocasión lo escuché pronunciar una letanía seudosociológica, bastante común, por cierto, en contra de los padres que traen hijos a este mundo injusto en el que no vale la pena vivir, donde la vida está asediada por la miseria, las carencias y el hambre. La excepción, decía, está marcada por la disposición de un buen trozo de los bienes terrenales o el contar con las armas para conseguirlos en un plazo muy breve. Pero siempre sospeché que su discurso ocultaba un problema de esterilidad. En tantos años de relación, una sola vez lo escuché tocar el tema, de modo fugaz. Habíamos bebido abundantemente en un pub, en los bajos de su piso, en París, celebrando su designación como embajador de su país en Roma. Formábamos un grupo pequeño en el que no podía faltar Adèle, el pintor hiperrealista Pablo Oquendo —su gran amigo— y el embajador de Ecuador, que apadrinaba a ese artista más por vocación de marchand y por insistencia de su esposa, que por amor al arte. Contó que al nuevo presidente lo acusaban de tener el semen aguado; sustentaban ese cargo tan extraño y jocoso en las propias declaraciones del flamante mandatario, presuntamente vertidas en un improbable juicio de alimentos. Los dos tenemos el mismo defecto. Es que los grandes hombres no podemos ser ciento por ciento perfectos, alardeó, entre carcajadas que todos secundamos. Yo lo recordaría unos años más tarde, cuando un infidente José Donoso relató el episodio de San José, con malicia gozosa. Lo hizo en presencia de Chiriboga y de Adèle, en una cena a la que invitaba Carlos Fuentes en La Coupole, dónde si no. Esa vez lo vi transformarse, antes de que abandonara la mesa jalando del brazo a su desconcertada esposa, perseguido por las risas de José y Carlos. Desde una mesa cercana, el poeta ecuatoriano Adoum, al que llamaban, o llaman, Turco, y el escritor uruguayo Eduardo Galeano —a quienes habíamos saludado todos — nos miraron por un instante sin entender y sin interesarse por lo que ocurría, y retornaron a su conversación y a sus bebidas. Incómoda espectadora, yo no concebía el retorcido deleite de los escritores cuando se escarnecen en una feroz diversión —en La Coupole sentí auténtica compasión por Marcelo, aunque, también es cierto, enseguida me contagié de las crueles risotadas—, pero disfrutaba, sigo disfrutando de la pirotecnia de palabras, las frases ingeniosas, la erudición y la agilidad mental que manifiestan y exigen a los demás si el diálogo es en grupo y hay una botella de licor en la mesa; me repugnan cuando se citan a sí mismos, pero me deleita el apasionamiento y la rapidez con que surgen y desaparecen grupos armados de razones y sinrazones, esa guerra de guerrillas en que se forjan alianzas efímeras que se disuelven cuando se pasa de un tema a otro. Lo vi al día siguiente. Marcelo no quiso tocar el tema. Había pasado una mala noche tratando de dar explicaciones a Adèle y yo entendí que no era el momento para exigirle las que me correspondían. Durante algunos años, Chiriboga se había aficionado a criar perros de raza, pasatiempo que felizmente nunca hizo sombra a su gran pasión, la escritura. Yuk fue premiado en Perpignan y declarado campeón de Eukanuba, en 1989, y, no obstante, no pudo escapar de la maldición de su raza: convertirse en un animal vencido por la obesidad, reptando en el piso de París por falta de ejercicio al aire libre y la cruel manía de Adèle de echarle restos de comida y golosinas debajo de la mesa, pese a las débiles protestas de Marcelo. Un día, el campeón de Eukanuba amaneció tieso en la puerta de la alcoba de Marcelo —dormían en habitaciones separadas, creo que ya lo dije—, rígido en su gordura; él lo tomó en brazos, lo depositó conmovido en su cama y corrió a meter la cabeza en el váter, obligado por la náusea. Echaron sus cenizas al Sena desde el Pont de Sully, en una tarde de lluvia: ya había roto la primavera pero aún hacía mucho frío. Él no podía contener las lágrimas y apretaba contra su pecho a Smarrh; advertí en Adèle una expresión de secreto alivio gozoso, disimulado con un rictus, sí, acaso, la bufanda fuese insuficiente; los tres, acurrucados bajo un paraguas. La escena era simplemente patética: una familia de luto, mutilada por la guadaña de la muerte, con el sombrío perfil de Notre Dame en el horizonte, como para que Pablo Oquendo la inmortalizara en un lienzo.

Conocí a Marcelo en la casa de la semióloga Regina Monteprieto, en Coyoacán, durante una velada poética en la que un actor ecuatoriano, blanco como un gusano de maguey, declamaba un lamento fiero sobre el vasallaje de los indios durante la dominación colonial. Tenía la voz clamorosa de un bajo profundo y se movía amenazante, como un gladiador sediento de venganza: *Yo soy Juan Atampán… nací y agonicé en Chorlaví, Chamanal, Tanlagua… padecí todo el Cristo de mi raza en Tixán, en Sauca, en Molleturo, en Cojitambo… añadí así más blancura y dolor a la cruz que trajeron mis verdugos… a mí tam… a José Vacacela tam…* resonaba en la estancia, en las escaleras, en los balcones, en los sótanos, en buhardillas y soberados, en el patio de piedra de esa casa señera, debajo de cada adoquín y de cada teja, en cada ladrillo y aun en los viejos pisos de duela; luego, el lamento se elevaba —como el humo vertiginoso de una hoguera de llamas voraces— por encima de los magníficos árboles que la guardaban. *A Melchor Pumaluisa, hijo de Guápulo, en medio patio de hacienda, con cuchillo de abrir chanchos, le cortaron los testes...* redundaba en mi pecho, en mi estómago, en mi cabeza, en mi piel y en mis cavernas, llevándome a un estado parecido a la embriaguez, emborrachándome con palabras desconocidas y culpas históricas que ese histrión bermejo me restregaba en la cara. ¡Yo soy Juan Atampam! ¡Yo, tam! ¡Yo soy Marcos Guamán! ¡Yo, tam! ¡Yo soy Roque Jadán! ¡Yo tam!, quedó grabado en mi memoria, desde entonces, como un costurón. Mientras discurría ese monólogo brutal, todos estábamos en vilo, con la excepción de un hombre en el fondo del salón —debe estar cerca de los cuarenta años, pensé— que me miraba sin pestañear, intuyendo el efecto que estaba causando en mí aquella representación: dos filudos ojos negros en un rostro lampiño tallado en boj de Cuba; cabeza maciza, sostenida por un cuello nervudo; cabellera ceniza, de pelo lacio y brillante que le llegaba hasta los hombros; cuerpo proporcionado, algo lambrija; así era él, entonces. Verlo mirándome así me recordó a un guerrero comanche fotografiado por Curtis, en 1905.

¿Qué hacía yo allí? Pues había ido a México en una expedición de head hunting —cacería de cabezas, como decíamos en la agencia, donde preferíamos el inglés—, en aquellos años en que estábamos construyendo nuestro fondo clientelar con escritores de Hispanoamérica. Fui escogida para aquel «safari» porque me decían «mexicana» en la agencia. De moza, había vivido seis años en San Luis Potosí, donde Juan Santaló Feliú, mi abuelo materno, era catedrático de Fisiología, como lo había sido en la Universidad de Barcelona, antes de partir al exilio, con mi abuela Ernestina. Mis padres me enviaron a ese mundo mestizo, descontentos con la educación que estaba recibiendo en La Mercè —mucha devoción, poca sapiencia—, aun cuando sé que estaban felices con lo que había ocurrido en España. Pero, imagino, mi abuela Ernestina —ninguna tan roja como ella— exigió a mi madre que a su nieta la moldeara el laicismo. Siempre será poco lo que agradeceré por ello: el paso por las aulas constructivistas del colegio Terranova fueron inolvidables, y México es parte de mí. Eran los tiempos en que Elvis ya nos hacía perder el seso moviendo las caderas, desaparecía Frida Kahlo y Dalí pintaba la *Santa Cena*, mientras, en los cines, Cantinflas daba la vuelta al mundo en ochenta días. Pero, debí volver a la España que se maravillaba con la Abadía de la Santa Cruz del Valle de los Caídos y prohibía *La dolce vita*, porque mi abuelo murió una mañana frente a sus discípulos, debido a un fulminante ictus apopléjico. La abuela lo siguió cinco meses después, asfixiada por el desconsuelo. De San Luis Potosí me quedó este hablado: el seseo, los arcaísmos y hasta el modo de frasear de los mexicanos se me prendieron como un piercing inasible. Así que, al platicar, yo me recreo con no ser de aquí, ni ser de allá, como dice la canción de Cabral.

Y fue Sergio Pitol, benévolo destrón en esa ciudad, quien me llevó a Coyoacán. En la casa de Regina está el sagrario intelectual del D. F., Nuria. Vas a asistir a una reunión inolvidable, me había advertido. Y no estaba equivocado. Los aplausos aún no limpiaban de las paredes los ecos del desquite verbal, reprobatorio y abundancial de los indios mitayos, cuando el comanche vino hacia mí con dos copas de tequila. El que escribió eso se mató tajándose la yugular con una gillette — lo que no dejaba de ser inverosímil, en ese instante yo hubiera preferido una navaja de barbero— hace siete años, me dijo, sin preámbulos, informándome así que el propio poeta ya se me había adelantado, como si intuyera que en ese momento me apremiase la necesidad de matarlo para lavar mis pecados coloniales, por qué, si no, y para informarme que los ecuatorianos también decían de ese modo a la hojilla de afeitar. Enseguida, me acercó la sal y el limón. En mi país lo llamábamos Fakir, añadió, para contarme, luego, una historia, la del tal Fakir, al que apodaban así porque nadie recordaba haberlo visto comer, que se me hacía una fábula más tragicómica mientras más bebíamos. Creí que tenía ante mí a un infaltable macho braguetero que se proponía seducirme porque hablaba mucho de sí, impetuoso e inteligente, pero las señales no eran muy claras, quizá porque el aguamiel de Agave tequilana me iba poniendo en un estado de dulce holganza. Era escritor, quería serlo, por vocación, aun cuando había hecho agronomía a instancias de su madre, y traía algo publicado o para publicar. Vengo huyendo del Mal que ha contaminado a los escritores en mi país, me dijo, poniendo un raro acento en la palabra *Mal*. Eso encendió mis alarmas: este zorro ya se enteró de quién soy, pensé, ya mismo se saca un manuscrito de la manga. Y me puse a estudiarlo, con curiosidad, esperando que me hablase de su libro, seguramente una obra maestra inédita, como son todas las obras inéditas según sus autores. En algún momento, como si me revelase un prodigio, me contó que había nacido al pie del nevado más grande de su país y el más alejado del centro de la Tierra, aunque eso no era lo más curioso, por cierto, sino que su madre lo había alumbrado un Viernes Santo, pero, corrigió, si eso ya era curioso, lo más importante era que su nacimiento había ocurrido el mismo día y a la misma hora en que César Vallejo moría en París, el 15 de abril de 1938, a las nueve y veinte de la mañana. ¡Me cago en la leche! ¿Este tío está tratando de decirme que es la encarnación del Cholo Vallejo? ¿Será posible que me haya encontrado con un chiflado?, me dije, haciendo un esfuerzo para oírlo y entenderlo, porque las pláticas, las risas y las exclamaciones de la crema y nata de la cultura chilanga vencían a mis oídos: me sentía sepultada en una vasija azteca, con una babel de cigarras como sudario. Pero nunca lo supe con certeza. En aquella noche no le pregunté si era el poeta renacido porque me lo impidieron los hechos que sobrevinieron; tampoco se lo averigüé en tantos años de vinculación editorial posterior. No obstante, ahora que lo medito, cuando él yace tan cerca de Víctor Noir y de Óscar Wilde y Honoré de Balzac y de la Piaf, puedo decir que es muy posible que, en el fondo de su ser, sí se asumió renacido, un curioso Pájaro Fénix de las letras iberoamericanas.

Cuando el comanche se disponía a soplarme al oído unos versos de ese poeta —ya me estaba sintiendo rendida por el asedio del hombre— Sergio apareció para salvarme, milagrosamente. Lo acompañaba Carlos Fuentes, quien ya era mi cliente. Él se pavoneaba con su nueva conquista, la trágica Jean Seberg, nada menos, el gran descubrimiento de Otto Preminger; con su célebre cabello corto y esa sensualidad adolescente, rara en aquella época, la mujer había embobado a medio mundo haciendo de gamine parisina en *Bonjour tristesse*, después de interpretar a Santa Juana, por lo que todos queríamos fotografiarnos junto a ella. Parecía entusiasmada con el políglota donjuanismo de Carlos, como si se sintiera recompensada por el empaque de talentoso hombre de mundo de su boyfriend, tan esnob, aliñado por el emboque exótico de México, adonde ella había llegado para filmar un western en el foro seis de los Estudios Churubusco. Vivían el síndrome del flamboyán, en el momento esplendoroso de la floración: hablaban en inglés, secreteaban mejor dicho, repetían désolé, del francés, y reían con alegre impudicia, haciendo eco a la palabreja, que, para ellos poseía entonces un poder mágico, o la clave de un secreto compartido, aun cuando tan solo quiere decir desolado —el flamboyán comienza en flor y termina en vaina, siempre será así—. Marcelo quedó fuera de foco, debido a un mutis involuntario, opacado por el brillo deslumbrante de la pareja de moda en el D. F., pero no por mucho tiempo, porque, de pronto, estalló una barahúnda de vidrios y silletas a nuestras espaldas. Al voltear, lo volví a ver: el comanche rodaba abrazado de otro hombre. Trataban de hacerse daño. El cuadrilátero era el mismo sitio sagrado en el que, poco antes, la poesía del Fakir nos había conmovido a todos —en mi casa conservo uno de los dibujos que hizo José Luis Cuevas cuando recibíamos las descargas poéticas que llegaban de Ecuador—. Se les echaron encima varios, hasta que lograron apartarlos, con esfuerzo. Separados, eran dos perros cerriles que se gruñían rabiosos, mirándose con odio, hasta que el otro empezó a rugir con estentóreo vozarrón amazónico —así pudo haberlo descrito Roberto Bolaño— jurando que lo mataría, a Marcelo, claro, mientras lo sacaban de allí en busca de un hospital: su camisa blanca se iba tiñendo rápidamente de un rojo de cinabrio, pues el comanche sudamericano —que no era ningún manso cordero de Dios, por lo que estaba viendo— le había ocasionado un corte en la cara al golpearle brutalmente con un vaso. La rivalidad era ocasionada por la literatura o por algo relacionado con ella. Su oponente también era escritor, un paisano de Guayaquil, un tal Vargas Pardo. Editaba una revista literaria en el D. F.; decían de él que era un tío vulgar porque había sido un marino mercante prostibulario antes de dedicarse a la literatura y a tirarse a sus estudiantes, su verdadera afición. Ése es un mono hijueputa, me dijo Marcelo, por toda explicación. Así que los autores ecuatorianos resolvían sus diferencias a golpes —recordé el título de un libro muy leído en esos años, *Imagen estructural del gorila,* aunque no tenía que ver con escritores sino con militares—. Así mismo es, Polaca, que no te llame la atención, me *explicó*, confianzudo, después de que volviese el sosiego y de que, inevitablemente, como yo lo había predicho, él pusiera en mis manos el manuscrito de *La caja sin secreto,* que fue a buscar en una de las habitaciones de la casona. Me percaté, entonces, de que si el tal Vargas Pardo se tiraba a las estudiantes, el comanche luchador se follaba a la dueña de casa, que lucía mayor que él. Se la polveaba y se las apañaba para ordeñarle sus conocimientos de la teoría literaria de Julia Kristeva, que el muy listillo aplicaba, esquemáticamente, pero con maña, para deslumbrar a las larvas de cuentistas y poetas, dos veces por semana. Usaba aquella teoría para destazar sin piedad las novedades bibliográficas, con la apetencia de un matarife melindroso pero desalmado, en los talleres literarios que impartía en la Casa de la Cultura Reyes Heroles, lo cual —eso del tallerismo, quiero decir— era, seguramente, el veneno que alimentaba la rivalidad con el tal Vargas Pardo, quien lo había desplazado del Instituto Nacional de Bellas Artes.

Regina Monteprieto, incómoda pero expeditiva, dijo algo gracioso en voz alta para oxigenar el ambiente y pidió que brindásemos con tequila —vi que Chiriboga tomó dos copas en seguidilla, pero no parecía estar avergonzado—. Fuentes y Pitol iniciaron una conversación que de inmediato nos atrapó a todos, y yo me fui sintiendo exultante, como una mosca borracha por la miel. Pitol, que había hecho su vida como diplomático en varios países, aseguraba que el mayor obstáculo de la Primavera de Praga había sido, extrañamente, su líder, Alexander Dubcek, por soñar como un adolescente con democratizar el socialismo, tutelado por la Unión Soviética, sin plantearse un pluripartidismo y, cándidamente, creer en la bonhomía de los jerarcas comunistas, que no se iban a quedar tranquilos con la expulsión de sus sirvientes del ejército y de los servicios secretos de Checoslovaquia. Sonó como un liberal trasnochado mi amigo Sergio, porque afirmó: democracia socialista es un oxímoron. Ahora sé que fue visionario, porque la gran utopía de la humanidad, desde los griegos, ha sido construir la democracia. Y, para mi sorpresa, Fuentes se mostró de acuerdo: también criticó a los comunistas que, dijo, en Mayo del 68 sólo querían reivindicaciones económicas para los sindicatos, traicionando la revuelta estudiantil de París y negándose a buscar las playas debajo de los adoquines. Además, los reprochó por abandonar al Che en Bolivia y por su conducta en la matanza de Tlatelolco. En ese momento, una mujer de inquieta mirada —entonces, yo no sabía quién era ella— anotó con ironía que, seis años atrás, en México, se habitaba el mejor de los mundos posibles desde el punto de vista del PRI, en el poder, aunque dos líderes obreros, Campa y Vallejo, aguardaban en la cárcel. Es patético, pero no fue un asunto ideológico sino un pleito callejero de dos pandillas, Los Araños y Los Ciudadelos, contra unos estudiantes, lo que hizo estallar el movimiento en Universidad Nacional Autónoma de México y el Politécnico. Suena insólito, pero fue una riña de taberna lo que encendió la mecha de lo que concluiría con la matanza de estudiantes ejecutada en la Plaza de las Tres Culturas, cuatrocientos años después del sacrificio, en ese mismo lugar, de cuarenta mil mexicas. Una segunda mancha en nuestra tricolor, a nombre del progreso y la civilización. Y, Pitol: es cierto, querida princesa —la mujer sonrió como lo haría una descendiente del último rey de Polonia, que lo era—, pero también era inmejorable el mundo de Vietnam, cuya tragedia ya es parte de nuestra psicología. Aunque soy inocente de toda esa barbarie, descubro con horror que hay mucho de mí en aquella instantánea del jefe de la policía de Vietnam del Sur, un tal Nguyen Ngoc Luan, en el momento en que, en una calle de Saigón, dispara con un revólver plateado a la cabeza de un prisionero del Frente Nacional de Liberación de Vietnam del Sur —que los gringos llaman Vietcong— con las manos atadas a su espalda, y se lo ve, se lo verá siempre, todavía de pie, con el cabello erizado por el impacto de la bala y una expresión indecible en el rostro. Nos ha quedado el nombre del asesino. No sabemos el de la víctima. Me aterra lo que sabemos y lo que ignoramos. Es lo que somos como seres humanos del siglo más asesino de la historia de la humanidad, la imagen sangrienta con que entramos a los años setenta. Fuentes: mi imagen es menos cruenta, pero, como si hubiese sido hecha por un mago del suspenso, en ella un hombre aguarda, sin saberlo, el chorro de sangre que está a punto de embeberlo o de vaciarlo. Es la fotografía de Martin Luther King, en ese balcón ordinario de un motel en Memphis, minutos o segundos antes de que James Earl Ray apretase el gatillo, señaló el seductor de la diva andrógina. Yo me quedo con la de Jean-Paul Sartre junto a Simone de Beauvoir, vendiendo en la calle ejemplares del periodiquillo maoísta *La Cause du Peuple*, dijo la princesa, con aticismo. Intervino Chiriboga: para mí, Sartre es grande, es un gigante, pero habría querido que fuese un maoísta integral y que viviera en una de aquellas comunas agrícolas en China, donde seguramente hubiese encontrado a algún profesor o a algún novelista condenado por el delito de usar anteojos y leer algún libro que no fuera el Libro Rojo. Se espesó un breve silencio. El ecuatoriano no es el Juan Calabazas que se muestra, me dije. Pitol rompió el silencio: Tienes razón… ¿tú eres…? Marcelo Chiriboga, contestó él. Tienes razón, Marcelo. Lo que hubo en París fue un estallido, como cuando revientan los fuegos de artificio, mucho humo, mucho color, mucho ruido y, allí, muchas frases ingeniosas escritas en las paredes. Por eso, querido amigo, De Gaulle terminó ganando las elecciones, un conspicuo representante de lo que combatían los estudiantes de La Sorbona; luego, la *revolución* de la universidad Berkeley fue tan sexual pero tan poco política que ahora Richard Nixon está en la Casa Blanca —vi que Fuentes miró a la gringa con el rabillo del ojo—; y, ya ves, la región más transparente del mundo sigue siendo el feudo invulnerable del priísmo. Es el castigo que nos ha tocado del gatopardismo: todo volvió a ser igual y, sin embargo, nunca volveremos a ser los mismos, subrayó Fuentes. Y yo entendí que esos fantasmas iban a estar para siempre con nosotros.

Así que los tequilas y las miradas preliminares de Marcelo Chiriboga no tenían que ver con ningún rito de seducción ni con nada parecido. Buscaban algo mucho más simple: llamar mi atención. Y estoy segura de que la escandalosa pendencia de esa noche le sirvió también para ese único propósito. Ésta es la fabulosa historia de Buenaventura del Espíritu Santo, vas a hacer dinero con este sujeto, me dijo, al entregarme el manuscrito. Era una maniobra práctica, algo teatral, por supuesto, propia de su temperamento; lo veo así, a la distancia, cumplido ya su anuncio. Pero, en esa noche, confieso que me resintió un poco. Lo hubiera preferido como parte de un envite seudoamoroso, que yo iba a rechazar, claro que sí, por el placer que en la vida produce el decir no, y porque, además, decir aquel otro *no* a los escritores ha sido uno de los secretos de mi éxito: cuando monté mi oficina, hace años ya, colgué un sabio cartelito: Jamais avec les clients. Sigue allí. Igual que permanece en mi Vitabrevis —el cofre de fetiches adonde van a parar mis objetos-memoria— el papelito que me pasó Chiriboga, al finalizar la velada, cuando el tequila había dado paso al exótico mezcal con gusano, la luz del amanecer se filtraba por los visillos y, rodeada de un grupo pequeño de quedados, Regina rasgaba la guitarra y cantaba como Joan Baez al preso número nueve.

ESTABA SEGURA DE QUE, con el sedante gorgoreo de Edith Piaf en su cabeza, él no pensaba en María Cayetana —en su única visita a Ecuador, para recibir elogios y presentar la escandalosa novela *El intolerante*, mantuvo un escarceo amoroso con esa pintora, bisexual y exhibicionista, que vendía sus lienzos en Nueva York; el amorío se convirtió en la sopa de hablilla de los grupitos de artistas e intelectuales en Quito—. Más bien me pareció que estaba pensando en su última ilusión, la gorda de San José, porque la memoria amorosa de Marcelo Chiriboga era débil, de corto alcance, especialmente retorcida. Pero a lo mejor estábamos equivocadas, Adèle y yo.

—Tienes razón —dijo él—. Si soy ecuatoriano, entonces *tengo* que ser de mierda, *debo* ser de mierda, ¿no? ¿Conoces a alguno que no sea de mierda? Soy tan de mierda que estaba pensando en mi madre y en mi hermano mellizo, aunque no lo crean ustedes, pájaras de mal agüero —nos hablaba a las dos, movió la cabeza para mirarnos y en sus ojos sólo había fatiga—. ¿Saben? Hoy debe estar cayendo un aguacero de padre y señor nuestro en Quito. La granizada ya habrá taponado las alcantarillas y el tránsito estará más endiablado que de costumbre; si llueve fuerte, allí, alguien muere en los barrios pobres, sepultado por un aluvión de lodo o partido por un rayo. Es una fatalidad clasista que los curas, ésos también de mierda, convierten en castigo divino por los pecados cometidos o que se cometerán y los alcaldes de mierda achacan a sus predecesores de mierda —ahora miraba por la ventana. La Piaf cantaba *La foule*, en voz baja, suficiente para llenar las burbujas de silencio que hacíamos, igual que tres peces confinados en una redoma.

—¿En tu madre? —preguntó Adèle, extrañada. A mí me pareció curioso que Marcelo recordara a su madre.

—Me llevaba de la mano. Íbamos al mercado, pero no sé por qué caminábamos por la estación del tren. En los vagones de carga se embarcaban unos soldados desarrapados, formando una columna —respondió, pausadamente—. Entonces yo era un niño pequeño, un guagüito aún, y seguramente aquel día no los vi andrajosos; esa idea no tenía por qué estar en mi cabeza, pues las manifestaciones de la pobreza me tuvieron que parecer normales a esa edad, pero, sí, ellos debieron estar descosidos, descalzos o calzando alpargatas de cabuya. Tampoco los vi jóvenes ni viejos, sino grandes. Ahora sé que debieron ser jóvenes, porque la carne de cañón siempre será tierna, eso te enseña la vida. Es que ese recuerdo se ha ido corrigiendo con el tiempo, como ocurre con todos los recuerdos. Un grito nos detuvo: ¡Muerte al Caín del sur! ¡Viva el Ecuador! Contemplamos a los soldados que decían adiós a sus familiares y amigos. Alguno silbó a mi madre, haciendo del sonido un galanteo vulgar. Se van a la guerra, Cristo Jesús, dijo ella, mirándome desde arriba, algo abochornada. La guerra es como el infierno, pero aquí en la Tierra, añadió, enseguida, lo tengo tan claro —aunque es uno de mis primeros recuerdos y los primeros recuerdos son los más vaporosos—. Posiblemente le habré preguntado qué quería decir aquella nueva palabra, *guerra*, que, en la estación ferroviaria, me habrá sonado más extraña que temible, o tal vez tan amenazante como el silbido del soldado. O, quizá le pregunté por qué esos hombres la llamaban con chiflidos y ella optó por ignorar mi pregunta y las malas señas de aquellos que se iban a la frontera. El aire hedía y yo sentía frío en las canillas: en ese tiempo había que esperar hasta los trece para usar los pantalones largos. Mi madre se puso en cuclillas y me abrazó. Aullaba la locomotora que se ponía en marcha. Su olor a jabón de rosas era tan humano como mi inocencia… —Marcelo respiró hondo y se quedó en silencio.

—¿Y tu hermano gemelo? ¿Tenías un gemelo? ¿Estaba allí? —hice las tres preguntas en seguidilla.

Tardó en contestar. Tal vez su madre lo asfixiaba en el recuerdo.

—A él nunca lo conocí.

—No lo entiendo.

—No importa.

—¿Cómo piensas en él si nunca lo conociste?

—Por eso mismo, Polaquita…

Se hizo una nueva burbuja. Por ella pasó un ángel, o pasaron dos que se entretuvieron en ella. Adèle aprovechó para punzar en la herida:

—En este libro, Donoso te pinta como lo que eres, como lo que siempre has sido: un derrotado por las mujeres que no pudiste seducir, un pobre perro cogedor que se idiotizaba cuando olfateaba el celo, negado para enchufarse donde lo ordenaba la nariz; y, también, como un tipo mal vestido, por decir lo menos… todo lo contrario de lo que era y sigue siendo, por ejemplo, Carlos Fuentes.

—Sabemos muy bien que no siempre me fue mal en mi perra vida. Vos eres la prueba viviente, che Adelaida —dijo Marcelo, en su defensa. Sentí que no sabía cómo refutarla, o ya no quería o no le importaba hacerlo.

Las dos pájaras de mal agüero estábamos de acuerdo con Donoso. Tal vez en los ojos de Marcelo éramos dos pacientes zopilotes que esperaban a que ese perro apaleado terminase de morir, para ir a clavarse en sus tejidos blandos. *Ya va a venir el día, ponte el alma.*

—*Marcelo Chiriboga, ex embajador de su país en Roma y en París, Premio Cervantes, Chevalier des Arts et des Lettres, Gran Cruz de la Orden del Rey don Alfonso el Sabio, célebre novelista traducido a todos los idiomas cultos del mundo, ejemplar emblemático del renacimiento de la novela latinoamericana contemporánea — fenómeno editorial y literario iniciado en la década de los sesenta y conocido como el boom — falleció en una clínica privada en las afueras de París, hace dos días… .*

Adèle había leído una parte del obituario de Chiriboga, que Donoso dejó escrito en esa novela. Se trataba, sin duda, de una broma macabra que el escritor chileno le gastaba desde ultratumba, pues hacía cuatro años él había muerto debido a un cáncer, en Santiago.

—Pepe siempre fue un loco y se puso peor antes de morir. Él fue lo que fue gracias a mí, aunque por ahí dicen que el *roto* vivió atormentado por mi éxito. Pero ya no me gusta hablar de los muertos, tampoco de los muy vivos, Elena Adelaida, como ese Don Juan que ni siquiera imaginó por quién le dejó la… ¡viejo pendejo!

Adèle volvió al *ataque*:

— *…vivió en exilio obligado, y después voluntario, durante treinta años, añorando siempre su tierra natal, adonde nunca pudo volver a menos que fuera por una breve visita, ya que sus compatriotas no le perdonaban su filiación política de centro, luego de haber pertenecido al Partido Comunista en su juventud y haberse declarado partidario, posteriormente, de la economía de libre mercado; nadie comprendía esa ambivalencia. Rechazado por los partidos políticos de izquierda y de derecha, se encontró a la intemperie, pues jamás transó con los extremos. La izquierda lo acusaba de un centrismo que le abriría el camino a la reacción. La derecha lo tildaba de traidor*

a su clase, recordando su paso por el PC; también, de esco-
llo para el progreso, entendido como la privatización de
las empresas. Hacía frecuentes giras como conferenciante,
sobre todo a Estados Unidos, donde las multitudes atesta-
ban las salas para oírlo hablar, la mayor parte de las veces
en su perfectísimo inglés, aprendido en los colegios britá-
nicos quiteños donde se educa la oligarquía de su país. Era,
asimismo, muy aficionado a los perros de raza, siendo un
notable criador — sobre todo de King Charles Spaniel, de
los que poseía una pareja, Smarrh y Yuk, campeones inter-
nacionales — . Lo sobrevive su acongojada viuda, doña
Adèle de Lusignan, conocida actriz y descendiente de una
estirpe patriarcal que, tras reinar en Oriente Próximo, se
estableció en el norte de Italia. Marcelo Chiriboga no deja
descendencia.

—¡Mentira! Nunca aprendí inglés. En mi tiempo,
ése era el idioma del imperialismo yanqui. Y lo sigue
siendo. Además, yo me eduqué en el Maldonado,
de Riobamba. A los gringos les hablo con intérprete,
lo toman o lo dejan —Marcelo corregía su esquela
mortuoria con enfado.

Me pareció que la mujer hacía esfuerzos por dominar la risa, pero yo no me contuve. Había algo de patético pero mucho más de chistoso en leerle su obituario
—la fina venganza de una de sus *víctimas*— a un personaje como Chiriboga, caído ya del zócalo, como si esas
palabras le dijeran que ya no era más que un cadáver
que se negaba a morir, por vanidad. Nos contagiamos
de una risa nerviosa, esa que siempre es inoportuna

pero irrefrenable, porque tiene sabor de transgresión y de malicia. Cuando por fin nos calmamos, me dolían los músculos del estómago. Chiriboga miró a Smarrh y le rascó las orejas; alzó la cabeza para ver a la engreída Louise Vernet con su gato atigrado, y sonrió levemente; encontró en la ventana, como bosquejos de ceniza, los olmos del bulevar Raspail, y tomó aire; luego, su mirada me atravesó, como un soplo; y, por fin, se detuvo en Adèle, con el agotamiento del atleta que ha conseguido alcanzar la meta. Entonces, le anunció:

—No llegaré al año nuevo, chéri. Ya tienes mi parte de muerte. Sólo te falta un poco de paciencia.

—Señor, lleva usted mes y medio de placer. ¿Cuándo piensa dármelo a mí?

En la sexta semana, el amorío de la gringa y Carlos Fuentes desfallecía como un perro atragantado con un bodrio de vidrio molido. Semidiós en desgracia, se sentía prendido por los emponzoñados arpones de la mitológica Artemisa: un cuarentón incapaz de satisfacer el furor uterino de una treintañera que lo recriminaba por su falta de imaginación, aunque él llegaría a asegurar que le ofrecía con entusiasmo y empeño un variado repertorio amoroso que, no obstante, con ella, se le estaba convirtiendo en una experiencia kamasutraumática. Bebía a disgusto su propia medicina de conocido Don Juan. Aprendía a golpes. La instrucción gravada que recibía era, sin embargo, un dos más dos: aunque ayudan, en los encuentros eróticos no son primordiales las aptitudes físicas como creen los que presumen de sementales, porque para nosotras cuenta más la ética que la estética amatoria. Era una de esas lecciones que aprietan los testículos. Bajo su apariencia de sensual adolescente hermafrodita, la mujer tenía la complejidad del cubo de Rubik, mucho más laberíntica de lo que se podría esperar de una gringa burguesa nacida en el puritano Marshalltown, de Iowa, seleccionada para la pantalla entre miles de candidatas, arrojada velozmente a la fama por los cachanos del cine, la misma que, hacía poco, conmovía a todos como la hereje Santa Juana según George Bernard Shaw, o en el papel de la turbadora Cécile, de Françoise Sagan. La fascinante mujer de su tiempo, vendedora-pregonera de periódicos en París, de la ópera prima de Jean Luc Godard, ahora proyectaba una sombra inasible, una doble vida de moral imprecisa, pero peligrosa, que la acompañaba como el reverso de una medalla. Era ya una Juana de Arco que viajaba por la vida sin mapa ni brújula, como si de ese modo escribiera la leyenda de su existencia, cuyo final apestaría tanto como los humores rancios de su propio cuerpo. Pero faltaban algunos años para que la noticia de su muerte me causara un pasmo de congoja. Mirándola desbaratar sin miramientos el bigotudo machismo de Fuentes, una podía imaginar muchas cosas, las jocosas con más facilidad. Sin embargo, era difícil preguntarse: ¿Cuándo se le metió la idea de que era posible vivir la vida como una superproducción de resistencia al orden, la moral y las buenas costumbres, pretendiendo ser una polichinela de los intereses de Hollywood, que se follaba a los buenos de los spaghetti western, de la catadura de Clint Eastwood? ¿O era inconsciente de todo esto?

Filmaba una película de caballos y revólveres en una *locación* cercana a Santiago de Papasquiaro. El FBI de J. Edgar Hoover interceptaba los telefonemas con que ella contactaba en las madrugadas con Hakim Jamal, un activista del Black Power: era un hombre tremendamente apuesto y su estilo —ese pavoneo a lo pirata, ese único zarcillo de oro— también me agradó al momento, porque parecía haber en él un cierto elemento autoparódico, escribiría la escritora inglesa Diana Athill, que también fue su amante mientras lo ayudaba a escribir, a él, un libro sobre Malcolm X. Aquel hombre, que *no era especialmente sensual*, siempre conseguía a la mujer que quería, diría ella. Lo que a él le importaba era seducir, no follar, y hasta dudo de que alguna vez se interesara a fondo por una mujer. Así pensaba esa escritora, que, como una prueba de su sensatez, dijo, se negó a admitir que Jamal era Dios —como él estaba convencido y lo decía claramente con su vozarrón, y de lo cual estaban persuadidas las mujeres que lo amaban o creían amarlo—: cuando él decidía acostarse con otra mujer no era para hacerle el amor sino por *otorgarle su bendición*. Y ellas se lo creían. No pasó mucho tiempo para que, en una comunidad agrícola de Trinidad, este seductor —aquel aro brillando en la oreja izquierda, la boca ligeramente curvada por una sonrisa muerta, tupida perilla en la quijada y un gorro de lana en forma de cubretetera— permitiera el acuchillamiento con alfanje hasta la muerte de Gale Benson, su infeliz mujer inglesa: fue el clímax de una ceremonia racial. Huyó de la isla, dicen que asustado, pero yo dudo que él pudiera tener miedo de algo. Y, poco después murió asesinado en Boston, por las balas de una organización creada por soldados negros de Estados Unidos en Vietnam, llamada De Mau Mau. Pero, mientras la Seberg filmaba en Santiago de Papasquiaro, Jamal estaba oculto en Los Ángeles, hasta donde llegaba la voz lamentable de la actriz para declararle, una y otra vez, su delirante obsesión genital, casi una teogonía inverosímil y patética. Jamal la menospreciaba, después de haberla convertido en una esclava sexual sin propia estimación. Quizá, en su mente, se vengaba así del Ku Klux Klan. Algún tiempo después llegaría a saber que, en otra habitación de la casa que compartía con ella, como huésped privilegiado, Carlos levantaba sigilosamente la bocina del teléfono y contenía la respiración. Quiero pensar que ella intuía el espionaje sincrónico de un marica homofóbico con licencia para matar y el de un Casanova políglota que intentaba, sin éxito, pensar en ella con el sexo y hacerle el amor con la cabeza. La fórmula había sido eficaz hasta que el hermoso anticristo de Rubik llegó para castrarlo. En ciertas circunstancias, los hombres no pueden ver que las mujeres somos más disparejas que semejantes, como las polillas; para notarlo hay que acercarse muchísimo a las alas, sin tocarlas.

Una noche, Carlos regresó de Ciudad de México tras dos días de ausencia. Había ido a esa insufrible urbe en busca de los indispensables supositorios de glicerina, los únicos que le aliviaban el estreñimiento crónico. Ella lo recibió en quimono, en el vestíbulo de la casa. La seda producía unos tenues reflejos provocados por los movimientos de la mujer, que tenía el pelo mojado, como si acabase de dejar el baño. Descalza lucía más pequeña de lo que era en realidad. Él pudo pensar que se la veía amuchachada, quizá. Brazos cruzados. La barbilla, hacia delante. Un cigarrillo recién encendido, entre el índice y el medio de la mano derecha de la mujer. El humo dejaba un rastro pálido en el aire, que Carlos seguía como si estuviera hipnotizado y no entendiese nada de lo que le estaba pasando. Los ojos claros de su amante lo miraban con pereza. La máquina de escribir, un fajo de papeles liados y tres libros habían sido colocados en una mesita, cerca de la puerta, como si los hubiese puesto allí alguien que se disponía a viajar con esos objetos. En el piso, la valija con ropa de Fuentes.

—Hay otro hombre en la casa. Lo lamento.

Ese otro no era aquel por el que ella hubiese dado todo, todo para cambiar el color de la piel, para oler diferente, para poder sentir ese rencor inmenso a lo que ella encarnaba con su blancura y su cabello pajizo, todo para convertirse en alguien capaz de levantar un puño enguantado y romperle los cojones al establishment. No. No era él.

—¿Más joven que yo?

—…

—¿El estudiante?

Mucho después supe que Fuentes sospechaba que ella había seducido a un conocido líder universitario de Santiago, con quien, días atrás, habían charlado durante una recepción que las autoridades y la sociedad santiaguinas brindaron a la troupe que filmaba la cinta para Hollywood. Tenía la misma edad que ella, pero la Seberg no buscaba juventud. ¿Qué, si no era eso? ¿Qué buscaba esa actriz mimada por la fama? André Maurois ya nos había advertido que en el amor como en la literatura suele sorprendernos lo que los otros eligen. Y el elegido era la adaptación mexicana de Hakim Jamal —en las versiones siempre hay distancias, más o menos grandes, más o menos esperpénticas, más o menos insufribles—, un mordiente álter ego que ella le restregó en la cara, allí mismo, en el recibidor, como si experimentara una recién descubierta forma de gozo o de desagravio.

—Huele mal, tiene los dientes podridos, no sabe comer, es rudo, temo que me golpee, y por todo eso me resulta irresistible. Ahora necesito ese tipo de hombre. Alguien que no sea culto ni que me ofrezca decencia y cultura. ¡Necesito un bruto que me devuelva a la cloaca, que me haga sentir una nadie y una ninguna, que me obligue a luchar, a salir desde abajo, un animal que me dispare la adrenalina y que me haga cagar del miedo!

Mucho después, Carlos afirmaría que en ese momento sintió un irrefrenable impulso por abrazarla, pero ella no se lo permitió.

—Me aburren los hombres como tú. No quiero un autor admirado, decente, refinado, occidental. No soporto tu dentífrico italiano ni tus modales. Eres la repetición mexicana de mi marido, pero él es más famoso, más europeo, más culto, más refinado y mejor escritor que tú.

—Te voy a extrañar. Voy a llorar por ti.

—Yo no.

Le dio las espaldas y se dirigió a la recámara, sin despedirse.

Carlos tomó sus cosas y salió. Le zumbaban los oídos y a mala hora sus perezosos intestinos le pedían evacuar. Cuando iba a embarcarse en un taxi, oyó que alguien lo llamaba. Una sirvienta le alcanzó un pomo de mermelada con rizos pubianos que él había escamujado con una tijerita dorada en uno de los primeros días del idilio, entre arrebatos y transgresiones, cuando la rasuró para dejarla como una niña y penetrarla como un sátiro infanticida. Del cochino, un pelo, pudo haber pensado, pero en su cabeza no cabía otra cosa que no fuese un escusado. The end.

¿Era el estudiante de dientes podridos ese otro hombre en la casa? Fuentes jamás lo vio ocupando su lugar debajo o encima de la gringa, ni en la cama o en la bañera donde la mujer le procuraba en abundancia la ambrosía con que sueñan los hombres —lo admitan o no— y él se sentía un semidiós goloso y ahíto. Debió conformarse con su lacónico discurso de desahucio. Pero, Chiriboga me llegó a decir que aquel estudiante nunca existió. Bueno, sí en las protestas callejeras; jamás como sustituto de Fuentes. El otro era yo, Polaca, me dijo, sin dar importancia a lo que decía. Reaccioné con una carcajada, como ante una ocurrencia, pero él me miró arrugando el entrecejo, diciéndome con ese gesto: aunque tú no lo creas. Entonces recordé que en la casa de Regina Monteprieto había insinuado que era la reencarnación de César Vallejo. Aquello y su versión de vicario de Fuentes dieron motivo a que se fuese enramando en mí una madreselva de indulgencias que nunca tuvo nada de compasión, digo mejor: nada de conmiseración hacia él, pero sí de curiosidad. Un divertimento personal. Más tarde, otros sucesos mantendrían mi interés por su peculiar manera de ser. Es que la vida de Chiriboga se hizo en una sala de espejos porque, estoy convencida, él padecía de lo que los psiquiatras llaman seudología fantástica —o disfrutaba de ello, si es que eso es algo de lo que se puede disfrutar—. Fue, ha sido el Karl Friedrich von Münchausen de mi colección particular, un fantástico fantasioso siempre a punto de convertirse en farsante, aunque nunca cruzó esa delgada frontera. ¿Qué es un novelista, sino un mentiroso que tiende estratagemas y trampas para embaucar? Y él vivió su vida como una novela. Eso me convenció de que sólo los episodios más disparatados de su existencia fueron verdaderos, aquellos que yo pude atestiguar o supe por él o por terceras personas. Es que para ser conocida la verdad necesita ser contada, sólo así se convierte en lo que es:

la interpretación del mundo real. Marcelo Chiriboga es una exégesis del Marcelo Chiriboga que seguramente no tuvo mucho tiempo para ser enteramente aquel *otro hombre* de la famosa actriz pues, según él, recibió la visita de unos malencarados policías de paisano en el hotelito donde se había hospedado en Santiago y fue conducido en vilo a una sucia oficina en la secretaría de Gobernación; allí, lo sometieron a fatigosos interrogatorios en torno a sus posibles vinculaciones con los Panteras Negras, que si había estado en Cuba, cuántas veces, que ya habían verificado su militancia en el Partido Comunista del Ecuador, qué vínculos mantenía con grupos estudiantiles en México, por qué había viajado a Santiago de Papasquiaro, que si conocía las conexiones políticas de los actores que habían estado filmando una película cerca de esa ciudad. Me dijo que contestó: no; nunca; sí, pero fue cosa de juventud; ninguno; para visitar a miss Jean Seberg, por invitación de ella, a la que conocí en una fiesta de gente importante en Coyoacán; y, no, definitivamente no. Con caras de hasta aquí no más llegaste, güey, los agentes le recomendaron que abandonara México, lo que ya había decidido por voluntad propia: iría a París, siguiendo el rastro de su santa hereje, para persuadirla de que dejase a su marido, quien, por lo demás, podía ser su padre, y para proponerle que fundieran sus dos novelas en una. Un proyecto ficticio, o fantástico.

Hacia comienzos de los sesenta, si no me equivoco, Jean Seberg se había casado en Los Ángeles no sólo con el cónsul de Francia en esa ciudad, sino con el gran Romain Gary, que era ya una autoridad moral y una figura de la literatura francesa, cuyos libros se traducían a muchos idiomas. También era conocido en California, sobre todo después de que un periodista le pidió su opinión sobre el general Eisenhower. Es el mejor presidente de Estados Unidos en la historia... del golf, contestó. Había nacido en Lituania, veinticuatro años antes que ella y, por ella, había gastado una fortuna para divorciarse de su primera esposa. Así pudo casarse con la actriz, que ya le había dado un hijo. Durante la guerra había combatido en la resistencia y en las campañas de Abisinia y Libia, por lo que le distinguieron como Compagnon de la libertè y Commandeur de la Légion d'honneur. Pero, como nadie es perfecto, y sin que fuese de derechas, era muy amigo de Charles de Gaulle. Uno de sus largometrajes, que dirigió a partir de un guión propio —*Los pájaros van a morir al Perú*—, estuvo dedicado a su mujer; en esa película, más allá de actuar, Jean mostró ante la cámara un magnetismo insospechado, quizá tan fascinante como su categórico erotismo. Conocí a Gary cuando ejecutaba una histórica emboscada contra el mundo esnob de artistas e intelectuales parisinos, en la que cayeron en especial los incautos críticos literarios, precisamente los que pretendían ignorarlo o liquidarlo; su arma letal se llamó Émile Ajar, uno de sus seudónimos impenetrables (había utilizado otros más: Roman Kacew, Fosco Sinibaldi y Shatan Bogat). Publicaba al mismo tiempo novelas como Ajar y con su nombre —también adoptado, pues el originario había sido Roman Kacew—. Era uno y otro, u otros. Escribía dos o más libros simultáneamente; dictaba el primero por la mañana, el segundo, por la tarde. Me convertí por casualidad en su agente literaria para España: en una visita a Barcelona nos había preferido de entre varias agencias registradas en el directorio telefónico porque mi nombre le causó un esguince de memoria. Cuando lo recibí, por supuesto que ya estaba informada de quién era la voz que me había dicho en el teléfono: debo verla. Su nombre me ha recordado a Nuriya, una *femme inaisissable* que conocí en Tánger. La mató un espía porque no podía amarla. Pero no continuó con la historia. Nuria: quiero que se encargue de mis libros en este país, *s'il vous plaît*. Me impresionó la inteligencia de su mirada, entre inculpadora y absorta, incluso más que su nariz judía y la virgulilla carnosa de sus labios. Anaïs Nin lo describió frágil, con grandes ojos verde azulados, tez bronceada y una boca marcada por un rictus, causado por una herida de guerra. Sin esa boca, que le daba aire de rufián, habría sido guapo. Es cierto: el conjunto de su rostro, el que yo conocí en Barcelona, era desafinado pero inexplicable, como una máscara. No sólo era más famoso, más europeo, más culto, más refinado y mejor escritor, sino también una de esas personas con leyenda o que son esa leyenda. No lo recordaría tan nítidamente si no me alucinaran las palabras. Tras hojear distraídamente un ejemplar de *El rojo emblema del valor* que había tomado de una mesa en mi oficina, donde lo recibí, me dijo: En 1942 fallé al tirar sobre un submarino italiano en el Mediterráneo. Quizá salvé así un poema, una canción o una carta de amor. Tal vez aquel error represente lo mejor que haya hecho. No obstante, a veces también pienso que las bombas que arrojé sobre Alemania entre 1940 y 1944 pudieron haber matado a un Rilke o a un Goethe en su cuna. Pero lo haría de nuevo si tuviera que hacerlo. Hitler nos condenó a matar. Es que, chère Nuria, incluso las causas más justas no son inocentes. Hablaba en un castellano gutural, trabado con lengua, úvula y velo palatino. Pasó a ser mi héroe. Luminoso. Incansable. Era perturbadoramente sensible, joder. Tenía a la mujer deseada por todos y, con ella, un hijo; sus libros se vendían muy bien y se burlaba de la crítica con la misma convicción que lo llevó a arrojar bombas en la guerra. Ganó el Premio Goncourt como Émile Ajar —el enigmático y desenfadado escritor que, supuestamente, enviaba sus manuscritos desde Río de Janeiro y del que no se sabía nada—. Inmediatamente, *La vida ante sí,* fue considerada una de las mayores novelas francesas del siglo XX; transformada en película, ganó un Oscar a la mejor cinta extranjera, entre tanto los críticos especulaban que ese libro únicamente podía ser el producto del trabajo colectivo de varios escritores; Gallimard vendió medio millón de ejemplares en seis meses; y, en un diccionario de literatura francesa se llegó a publicar una foto apócrifa de Ajar, en la que apenas sonreía un treintañero de leves rasgos indianos y ojos de loco, con la asombrosa bahía de Guanabara como telón de fondo. Se rumoreaba que era un médico abortista nacido en Argelia y huido a Brasil, porque las quimeras comen bolas y cagan gatuperios. Así, Gary se convirtió en el único francés galardonado dos veces con el Goncourt —mucho antes ya se lo había premiado por *Las raíces del cielo*— aun cuando las bases de ese premio prohibían que se lo otorgase dos veces a la misma persona. Alrededor de Émile Ajar se formó una comunidad de fanáticos incondicionales con su literatura, hasta que, desde la tumba, él mismo reveló el engaño como el mago que, finalmente, desnuda el truco con que se saca el conejo del sombrero de copa, tal vez punzado por la insólita acusación de que plagiaba a su heterónimo, al que, por lo demás, los críticos consideraban mejor novelista. Gary escribió el libro con la verdad del camaleón — *Vida y muerte de Romain Ajar* — cuya publicación condicionó a su propio fallecimiento. Así ocurrió. Pero, antes, y sin apremio, se dio el gusto de ponerle zapatos al fantasma: convenció a un primo que asumiera la personalidad del enigmático Ajar ante el público y los medios de comunicación. El testaferro actuó a cambio del cuarenta por ciento de los derechos de autor. Y el mundo se lo creyó.

Cuando Marcelo Chiriboga llegó a París ya había conseguido que su hermano vendiera la parte de la propiedad familiar que le correspondía por herencia. En pocos días más, le llegó un espléndido giro que, administrado con cicatería, le permitió instalarse en esa ciudad sin sentir urgencias económicas. Ocupaba todo su tiempo en escribir, en caminar por plazas y bulevares, ir al cine y a las salas de exposiciones, perderse en el Louvre o pasear tardes enteras en el jardín de la casa de Rodin. Allí, había encontrado al pintor Oquendo, perplejo ante las esculturas: él también había venido a Europa para, en sus palabras, según Marcelo, cambiar de piel y desbestializarse en el Louvre. Observar en los cafés cómo transcurría la vida, leer novelas allí —en ese tiempo, eran sus preferidas las mesas de La Closiere des Lilas—, buscar lo que encontró Ernest Hemingway o perdió Marcel Proust, era lo que él llamaba *ingeniocio*. Contaba Chiriboga que instaló su atelier en un sotabanco cercano al lugar donde vivían Gary y su esposa. Era la mansarda de un edificio apretujado en la rue de la Planche, al que se ingresaba por un portón de hierro forjado y madera oscura que llevaba de inmediato a un patiecito y, girando a la derecha, a una modesta gradería de piedra con pasamanos lustrosos. En cada rellano —eran cuatro— un sensor de movimiento encendía la luz que permitía encontrar el ojo de la cerradura del piso correspondiente; en el cuarto, una puerta algo más pequeña daba ingreso al desván ocupado por el ecuatoriano. El conserje era un malhumorado argelino que usaba una guerrera descolorida y, felizmente, muy rara vez se dejaba ver; él ocupaba dos habitaciones junto al patio. Tres estudiantes de Saint-Étienne se apiñaban en el apartamento de la primera planta alta. Un risueño travestido haitiano ocupaba la segunda: había sido un Tonton Macoute de Papa Doc y se hacía llamar Madame Lulú. En la tercera vivía la solitaria Catherine Pican, una anciana alta y delgada que solía usar un sombrero Panamá; se quejaba obsesivamente contra la empresa telefónica, porque alguna vez le había cobrado una fortuna por llamadas internacionales que ella jamás pudo haber realizado, a causa de lo cual vivía de la caridad de sus familiares. Una mañana, Chiriboga habitaba allí hacía como tres años, el conserje forzó la puerta de su piso porque la veterana no daba señales de vida: la encontró sentada pero lívida, con un pan en la mano y los ojos aferrados a un televisor encendido. Al muy cabrón sólo le interesó abrir una ventana y averiguar quién pagaría la renta, contaba Chiriboga. Tras la muerte de la anciana, el piso fue ocupado por una actriz argentina. Era Adèle de Lusignan, claro.

Chiriboga decía que, luego de llegar a París, esperó algunas semanas antes de ir en busca de su afamada gringa. Quería instalarse y amoldarse a la gran ciudad, comprender el modo de ser parisino y entenderse con el clima: el frío de la primavera seguía siendo invernal. Y cuando por fin decidió presentarse en la rue du Bac —con un traje de lana virgen de Galeries Lafayette— se encontró con una esquiva ama de llaves que le repetía que los esposos Gary estaban fuera de Francia y que no sabía cuándo estarían de vuelta. Insistió otra vez. Y, una tercera, preguntando si la señora de la casa no había dejado algún mensaje para él. Pese a las negativas intentó una cuarta, tres semanas más tarde, pero entonces lo recibieron en la calle dos gendarmes de civil, que lo amenazaron con apresarlo, acusándolo de hostigamiento. No olvidaron recordarle que no era más que un negro venido de otro país y que más le valdría no volver a importunar por allí, comprenez-vous?

Aprendió a agachar la cabeza y no volvió por otra amenaza. Quienes lo malquerían sólo veían en él a un oportunista más en esa ciudad de pocas oportunidades. Pero él decía que los dientes se caen debido a la rigidez y que él estaba obligado a convertirse en lengua, cuyo secreto de aguante no es otro que la flexibilidad. Aunque la palabra más acertada para esa conducta de supervivencia era *sumisión*. Eso fue cierto en todas las pequeñas cosas cotidianas, y en un momento, en especial, después de su llegada a París, pero antes de que conociera a Adèle. Lo supe por alguien que lo atestiguó, por casualidad. Una tarde de septiembre, a las terrazas de La Closiere des Lilas llegó una mujer delgada, conduciendo un Austin-Healey Frogeye, blanco, que se llevó un valet parking. Tenía el cabello rubio y corto. Estaba en el umbral de la vejez o tal vez parecía mayor de lo que era en realidad, pero, en todo caso, se la veía desmejorada. Le sirvieron whisky en las rocas sin que lo pidiera, lo que quería decir que era conocida, a tal punto que los mozos sabían cuáles eran sus preferencias. Estaba ensimismada. Con un Zippo encendió un Gitanes y enseguida se espesó el olor del cigarrillo negro, a pesar de la brisa vespertina. Sacó del bolso un cuaderno y se puso a escribir con un Mont Blanc. Chiriboga la reconoció: era la famosa Françoise Sagan. Se acercó a ella, venciendo la timidez, pero temeroso.

—Discúlpeme, ¿puedo acompañarla? ¿Es usted Françoise Sagan, verdad? Sepa usted que la admiro muchísimo.

—No. No me interesa.

—Soy un escritor de Ecuador, de América del Sur. ¿Puedo sentarme con usted, madame?

—No.

—Pero…

—Pero, nada. Imbécile! ¡Déjeme escribir en paz!

—Madame Sagan…

—¡No!

—Por favor…

—Le he dicho que no. No me interesa.

—Tal vez podría…

La mujer tomó aire. Dejó el estilógrafo sobre la mesa. Se puso de pie retirando la silla con las corvas. Lo miró de frente y le asestó una sonora bofetada.

—Merde!

Ella volvió a la escritura, resoplando. De pie, perplejo, Chiriboga palpó en carne propia la arrogancia de la luminosa Francia. ¡Alza la cabeza, indio ecuatoriano, el blanco es tu amigo!, le gritaban los riñones o la tripa del cagalar o todas las vísceras. Había sido humillado ante una clientela sorprendida que intentaba mirar a otro lado y dejaba oír alguna risa. Por curioso que parezca, él respondió con estas dos palabras:

—Merci beaucoup!

Y se retiró del lugar con el rabo entre las piernas, pero jamás comentó ni admitió aquel incidente, aun cuando durante algún tiempo fue la habladuría entre los intelectuales sudamericanos que pululaban en el Barrio Latino. Yo no lo podía creer.

Pero, sí aseguró que cuando, por fin, pudo hablar con Jean Seberg —no fue vis a vis, sino por teléfono— ella estaba enajenada y ni siquiera lo reconoció, tal vez afligida por algún trastorno íntimo, desorientada por alguna droga potente que le causaba amnesia, o por algún miedo muy grande, originado por quién sabe qué tipo de amenaza. Tuvimos tan poco tiempo —se lamentaba— pero fue una relación con una intensidad que jamás volví a experimentar. Nunca conocí otra mujer tan insaciable como ella. Ni tan ingenuamente libre. Resignarme a ser borrado de su vida fue demasiado doloroso: la alegría del pobre dura poco, se dice allí, de donde yo vengo.

La VIGILANCIA SOBRE HAKIM JAMAL condujo a los G-Man del FBI —ninguno con bigote, todos con traje y corbata, ninguno de ellos negro, tampoco mujer, por orden superior— a la célebre Jean Seberg, del mismo modo como se encuentra sin proponérselo la llave que abre un tesoro. Así habrá pensado J. Edgar Hoover mientras planchaba. En esa época, él ya era un vejestorio setentón, más siniestro que nunca, próximo a cumplir cincuenta años a la cabeza del espionaje doméstico en Estados Unidos, en que el FBI había operado con ocho presidentes de ese país, dicen que chantajeando a muchos de ellos. Hoover era temible y temido, pero cuando estaba estresado o debía maquinar operaciones especiales, se recluía por largas horas en el basement de su casa en Foxhall y allí planchaba y replanchaba su ropa y la de Clyde Toison, subdirector del FBI, su fiel amante secreto (me figuro que entre esos dos se dibujó la caricatura que dio origen a la inicua relación entre Montgomery Burns y Waylon Smithers:

cfr. *Los Simpson*, de Groening y Brooks). El top secret, no obstante, había sido descubierto por la mafia, que lo extorsionaba amenazándole con la publicación de fotografías en las que se veía a los dos tórtolos en situaciones obscenas, y a Hoover-Burns, ataviado con ropa interior femenina. Tenía a su servicio una vasta red de informantes que le suministraban datos sobre la vida íntima de muchas personalidades de la época, incluidos los propios presidentes. Recluido en el armario, era un Calígula contradictorio que odiaba a homosexuales y lesbianas. Prefería conocer de infidelidades, secretos de alcoba, vicios inconfesables, manías íntimas, gustos extraños, negocios turbios u orientaciones políticas. En particular, quería saber todo de quienes podían simpatizar con el comunismo. En los archivos del FBI se guardaba —seguramente continúa allí— abundante información confidencial de personajes tan célebres como Charles Chaplin, Pablo Picasso, Albert Einstein, Martin Luther King, John Lennon, Dashiell Hammett, Marilyn Monroe y, parece increíble, hasta Elvis Presley. En uno de los hechos más publicitados del macartismo, Hoover aportó las pruebas irrebatibles que llevaron a la silla eléctrica a los esposos Ethel y Julius Rosenberg, un matrimonio judío acusado de filtrar a los rusos los secretos para construir la bomba atómica; pero, tiempo después, se descubrió que uno de los hermanos de la mujer pudo ser el verdadero culpable de alta traición. Así que, con las grabaciones de los diálogos entre Jamal y Seberg, el FBI fue a por ella. Hoover quería reprender a todo aquel que pudiera simpatizar con el movimiento radical negro y para ese fin nadie podía ser más útil que una agraciada muñequita hollywoodense, por la que suspiraban hombres y mujeres de un mundo que salía turbado de los impensables años sesenta. Supongo que Hoover sabía que, ya casada con Romain Gary, ella mantenía esporádicos encuentros con hombres jóvenes del escandaloso mundillo del cine, con quienes concurría a fiestas en las que se consumía sin recato alcohol y drogas. En alguna parte quedó escrito que en una de aquellas reuniones pudo haber conocido a Jamal —un canalla casquimuleño, es mi convicción—, con quien supuestamente convirtió sus intuiciones inconformistas en ideas radicales —un racismo al revés— que, con el correr del tiempo, digo yo, se iban a transformar en conductas desesperadas. Poco antes de que la Seberg dejase México, el FBI usó publicaciones californianas dedicadas al comadreo del jet set para propagar la versión de que esperaba un hijo del líder de los Panteras Negras. Me negué a darle crédito cuando se corrió el chisme, aunque ella no desmintió que estuviese preñada. Pero el acoso la trizó bien adentro, porque sin duda la mujer era vidriosa y la presión de los medios y de la opinión pública resultó ser demasiado grande para ella. El parto fue prematuro y la niña murió a los tres días. Esa muerte mató lo que, dicen, era una de sus mayores ilusiones: procrear una mujercita. Hoover no se inmutó. Obcecado por el afán de desacreditarla, ordenó abrir otra investigación con la hipótesis de que el óbito había sido provocado. Jean Seberg tomó más de doscientas fotos del cadáver de su hija e insistió en enterrarla en Marshalltown. Se le retiró la tapa al ataúd, por insistencia de la actriz que, imagino, se sentía descuartizada. Así, todos pudieron ver que la nenita era blanca. Ése fue el suceso en que algo muy sutil se quemó para siempre en la irresistible mujer que, a su vuelta a París, virtual sobreviviente de un naufragio, continuó viviendo junto a Romain Gary aunque sin él, pues habían decidido dividir el piso de la rue du Bac para que ella ocupara un espacio contiguo pero independiente.

La lectura de un libro puede cambiar a una persona. Yo vivía descafeinada en las cuevas de mi Altamira catalana, desentendida de lo que habían hecho allí los nacionales y los curas, hasta que leí *La caja sin secreto*; me trasegaron también *Cien años de soledad* y *La llama doble*; curiosamente, tres libros de autores iberoamericanos que me hicieron ver la vida, mi vida, de una nueva manera, como si todo lo anterior correspondiese a mi prehistoria personal. Ya lo dije, las palabras son mi debilidad; soy incapaz de entender la existencia sin la literatura. Pero, había algo más: con la imagen de una Jean Seberg perturbada, fotografiando obsesivamente al cadáver de su hija, sentí que me transmutaba por dentro la *lectura* del libro no escrito, mejor dicho, de ese libro que se estaba *escribiendo* mientras yo lo *leía* —como una tragedia estúpida y cruel, tan propia del siglo veinte, occidental y cristiano— en el sufrimiento profano de esa mujer, en la que se proyectaban mis angustias más íntimas o mi naturaleza. No somos más que el detritus pestilente de un Dios moribundo, eso me decía ella a gritos. Entonces, comprendí que debía oponer a la mezquindad humana un sentido grandioso de la vida, aunque ya era consciente de que nos conduce a la nada, o a la conciencia del cero, el hecho de que hay más estrellas en el cosmos conocido que granos de arena en nuestro planeta. No obstante, intuía que necesitaba dotarme de aquel consuelo metafísico que amaba Zaratustra, ese vivir persiguiendo lo imposible, que es una forma filosófica de morir, aunque eso me convertía en una cristiana extraviada en pensamientos prohibidos —lo soy, al fin y al cabo—, una persona que, desde entonces, se levanta cada mañana con el propósito de que surja algo grande en el terreno de la cultura. Eso da sentido a mi vida, nada más. Con los pies en la tierra, comprendí que mi condición de mujer debía ser blindada con las dos pes, poder y pasta, porque esa collera es la única que otorga una verdadera libertad personal. Desde entonces, me he acercado con apetito a cualquier cosa que pudiera alimentar mi economía personal. Miro lo que he hecho, cuánta piel he dejado en el pellejo, y eso me revela que siempre tuve más vocación de poderosa que de agente literaria. Y aún busco ser más poderosa, cada día más, quiero convertirme en una de esas contadas personas que sientan a los presidentes a sus mesas y deciden el futuro de los demás, sin que nosotros lo sepamos.

ADÈLE FUE CONSCIENTE de la existencia de Marcelo
Chiriboga mucho después de llegar al piso de Catherine Pican, en la rue de la Planche. Había dejado
Buenos Aires enormemente entusiasmada por la posibilidad de hacer una carrera cinematográfica en Francia. Esa anhelada oportunidad se le presentó en un
encuentro casual con Jean Girault, quien, en esa época,
filmaba comedias livianas interpretadas jocosamente
por Louis de Funès, muy festejadas por los franceses,
que se reían fácilmente con las ocurrencias de sus guio-
nes. Durante una corta vacación en Argentina, Girault
asistió a un función de *La mujerzuela respetuosa* en el
Teatro Sarmiento, impulsado por la curiosidad de ver,
allí, cómo se ponía en escena la punzante obra de Jean
Paul Sartre, pero no porque simpatizara con el funda-
dor del existencialismo ni con sus ideas, sino simplemente porque era parisino, como él. La vio actuar. No
le pareció nada mal lo que vio, pero, en honor a la

verdad, hay que considerar que él tampoco era demasiado exigente; lo importante es que quedó impresionado por la figura y el empaque de la actriz que hacía de la débil Lizzie. Dialogó con ella en un breve ágape de vino y palabras al que se invitó a los espectadores, lo que ocurría luego de la función de cada día: Adèle picoteaba el francés que había intentado aprender en la secundaria de Berazategui. Y, tal vez, Girault pensó que no se había equivocado y que esa Claudia Cardinale argentina —¿qué importaba que no fuese europea?— de voz ronca, ataviada con poca ropa y diciendo parlamentos aprendidos de memoria, aunque no tuvieran sentido para ella, era lo que necesitaba su próxima película, el contraste necesario con la estampa y los modales esperpénticos del gran cómico. O, pudo ser posible, se hizo ilusiones de otra naturaleza, de las que suelen formarse los cuarentones que disponen de algún poder, y hacer películas en Francia, no importa si buenas o malas, entonces era tener cierto poder, o mucho, ante los ojos de una chavala sudamericana de veintiocho años. La invitó a probar suerte en su próxima película. En tres meses, ella ya participaba en la filmación, dándolo todo. Adèle jamás mencionó que el director le exigiese que pagara un droit de cuissage para golpear las puertas de la fama; tampoco, si ella lo pagó, o no; eso, quizá, nadie lo sabrá. Sí decía, con bronca, que su participación en *Le gendarme se marie* fue una experiencia traumática: el bufón de la pantalla era en realidad un sujeto violento, y el director, tan encantador en Buenos Aires, se había convertido en un tirano en Saint Tropez, donde se filmaba la película. Por añadidura, tuvo el infortunio de encontrarse con un elenco de actores desagradables, que se mataban entre ellos y, claro, la menospreciaban. Como coronación, el filme resultó sencillamente mediocre. Todo, absolutamente insufrible. Y santas pascuas. Jamás se le presentó una nueva oportunidad. No entró al cine popular francés. Mucho menos al de culto. Aquel intento, aseguraba, fue lo más parecido a una visita a la Isla del Diablo, en compañía de Papillon, célebre en esos días. Huyó de ese presidio como una mariposa que escapa del fuego. De modo que con las alas chamuscadas llegó a la rue de la Planche y a la vida de Marcelo Chiriboga.

Un Diez de Agosto, la embajada del Ecuador en París ofreció una recepción en el hotel Jardín de l'Odeon al cuerpo diplomático, a las autoridades y a contados personajes del mundo de los negocios y de la cultura — más que contados, curiosos — . Entre ellos se había escurrido Marcelo Chiriboga, cubierto por Pablo Oquendo, a quien, ya lo sabemos, había reconocido en la casa de Rodin, pues alguna vez habían coincidido en el piso de la escultora Clementina Riofrío, en Quito, después de asistir a un happening. Los dos tejían una amistad nueva, sin otra cosa en común que iguales ojerizas en relación con su país, con sus compatriotas y con los tótems de oro, adueñados de los empleos mejor retribuidos de la administración pública. Oquendo era tenido como uno de los contados genios vivos de la pintura del siglo veinte por la esposa del embajador y por el embajador, en ese orden. Está a años luz de Guayasamín, decía ella, y él asentía con la cabeza.

Cerca, muy cerca de Velázquez. Y él continuaba asintiendo. En la residencia del diplomático colgaban gigantescas telas firmadas por el pintor, imágenes asombrosas en colores puros, decididamente incompatibles con las *cenas* que brindaban en esa casa a los amigos cercanos y a los visitantes destacados que llegaban de Quito o Guayaquil. Sus invitaciones se hicieron célebres porque, como una extravagancia, en esa casa ofrecían frugales platos de arroz con huevo frito, acompañados de vasos de Pernod mezclado con jugo de pera o agua de Vichy a lo que y, por fortuna, se añadía una conversación interesante, más digna de la plástica que de la culinaria del lugar. El señor viene conmigo, dijo Oquendo, secamente, al entregar la tarjeta de invitación que les permitió flanquear el ingreso al patio de ese hotel, donde un animado catálogo de hombres mayoritariamente empaquetados en trajes formales y mujeres de escotes arriesgados acortaban las distancias hasta percibir el aliento de los otros, por las dimensiones inevitables de la azotea de un hotel parisino de tres estrellas. Cuando me lo contó, Chiriboga recordó una canción popular de su país, escrita por otro poeta, también un suicida —por lo visto, los poetas ecuatorianos tienen pasión por matarse, medité, o la poesía los desnuca con un golpe de karate—; hizo memoria poniendo ojos de carnero y, por supuesto, resoplando: *Para envolverte en besos, quisiera ser el viento, y quisiera ser todo lo que tu mano toca; ser tu sonrisa, ser hasta tu mismo aliento, para poder estar más cerca de tu boca.* En el Jardín de l'Odeon, los hombres vestían trajes oscuros y camisas de cuello blanco con corbatas pardas, anudadas cuidadosamente; pero, lo inconformista, lo bien visto por la intelectualidad, era llevar el cuello abierto de camisas listadas, chaquetas coloridas de dril y pantalones de mezclilla; y, algunas mujeres, la cabeza al rape, pero muy maquilladas y engalanadas con abundante bisutería. Fue allí donde un Oquendo aspaventoso y jaranero, abriendo los brazos como un crucificado, o alzándolos, como un condenado al paredón, saludó a la más verdulera de sus modelos. —Sí, dijo verdulera, me lo ratificó Chiriboga, al ver cómo yo ponía los ojos—. La verdulera tenía una anatomía de escultura y se conducía de una forma gozosa pero en absoluto grotesca; artista, al fin y al cabo —eran sus movimientos, eran su mirada y su voz ronca, eran esas tres cosas, más el aroma empalagoso de Fidji de Laroche en su piel y el toque de cardamomo en su mismo aliento, los que hacían soñar despiertos a los hombres cuando estaban cerca de ella o querían secretamente estar tan cerca de su boca—. Oquendo decía que sólo con esa mujer había logrado pintar desnudos, que no es lo mismo que pintar mujeres sin ropa.

—Tengo el honor de presentarte a mademoiselle de Lusignan, actriz, modelo y pintora —dijo Oquendo, como si desvelara una pieza de alabastro esculpida a escondidas.

Estaba pálida. No. No es que estaba, ella era pálida, como una flamenca de Rogier van der Weyden traída al siglo veinte por la cromática hippie. Los tonos de su atuendo encendían el pelo granate almandino, lacio —que le caía hasta media espalda—, los ojos de un extraño azul oscuro, el rostro tocado apenas por pecas rojizas. Llevaba, o lucía, una minifalda morada que cubría lo indispensable de unas piernas de escándalo con medias malvas de nailon, blusa violeta ceñida y una chaqueta fucsia; y, tacones altísimos que le alzaban el culo. Nunca la vi ataviada con prendas de matices distintos; para mí, los colores del floreciente feminismo de esos años terminaron por ser los colores de Adèle.

—La soñé, anoche nomás —dijo Chiriboga, vivaracho. Rió y la besó en cada mejilla—. Debe ser Adèle, Pablo no deja de hablar de lo que ha provocado en su pintura.

—¿Vos sos…?

—No soy. Quiero ser.

—¿Querés ser…?

Oquendo engrasó el diálogo temiendo que se fuera a pique:

—Quiere ser el Émile Zola del Ecuador, Adèle.

—Ah. Es ecuatoriano —la mujer hizo una mueca.

—Nadie es perfecto, pero…

—Lo lamento —dijo la mujer, siguiendo fácilmente la chanza.

—Preferiría ser el Jorge Luis Borges de mi país, si es que me dejaran escoger.

—Creo que eso no va a ser posible. No puede haber otro como él, aunque me soñés a mí, querido.

—Entonces, no me quedará otra alternativa que ser yo mismo.

—No, che —le amonestó Adèle—. Más vale que te dispongás a cambiar. Yo no puedo vivir con alguien que esté feliz con seguir siendo él mismo.

Ella sonrió y lo miró como si estuviese hablando de las flores dispuestas en grandes jarrones, pues sus palabras eran coquetería gratuita. Ni más ni menos. No obstante, iban a actuar en el ecuatoriano como una bomba de espoleta retardada. Chiriboga permaneció enmudecido —él no oía, sólo veía— entre tanto la mujer hablaba con el pintor, gesticulando como si estuviese ante una cámara y con un tono de voz estudiadamente porteño, empalagoso. El ecuatoriano estaba encasquillado. Así, continuó mirándola de lejos: era la mujer que había estado esperando toda la vida, o la que había estado buscando sin saberlo, la que, a ratos, lo miraba de sesgo y alzaba una copa, como si brindara con él. Mundana. Aparentemente frívola. Departía con hombres y mujeres, dejando un rastro de deseo a su paso, como una sombra de cuervos. Cuando Chiriboga sintió que había recuperado el habla ya la había perdido de vista; podía hablar aunque le había invadido un extraño desconsuelo. No era tristeza. Era una culpa. Como un pecado original, igual que la vergonzosa mácula sobre el cóccix, la mancha mongólica, el culo verde que heredamos de los indios, le oí decir alguna vez. Entonces entendí que, ante las facciones tan europeas de la actriz y esa desenvoltura tan perturbadora de la gente de Buenos Aires, se sentía convicto de lo que era, de cómo pronunciaba el castellano y el francés, del color de su piel, de su aspecto de comanche vestido con ropa europea, como si, de repente, hubiese descubierto que él no era más que un ser inferior, indigno de esa mujer blanquísima, totalmente distinto del Marcelo Chiriboga telúrico al que conocí en México, aquel que se mostraba orgulloso de su pasado y de su sangre andina, capaz de todo. Desolado, buscó a Adèle de Lusignan en el hotel Jardín de l'Odeon, intentó seguir el rastro, el perfume, los colores, necesitaba decirle que toda su vida había querido ser otro, distinto, su propio antónimo, pero ya no la encontró. No se dio por vencido. Le quedaba Pablo Oquendo, con quien se emborrachó y terminó tuteando al embajador y a su esposa, después de protagonizar un destemplado incidente que no llegó a follón, con un funcionario de la embajada, porque se negaba a ordenar que los músicos interpretaran el pasillo *Alma en los labios,* cuando la disposición era que únicamente tocaran música de Claude Debussy y Erik Satie. Estaba desinhibido, como un golfo, recuperado, a fuerza de whisky y uno que otro porro, de la impresión que le había causado Adèle: el pintor le había prometido abrirle la puerta del taller donde la argentina pintaba para sí y posaba para él.

Después de despedirse del cine francés, realmente ni siquiera tuvo tiempo de saludarlo, con el ego porteño escaldado y algunos francos por compensación —ella prefería llamarlo desagravio—, Adèle había establecido un pequeño negocio de bisutería en la Gare de l'Est, que le daba suficientes ingresos como para vivir controlando la angustia. Diseñaba prendas de vestir, compraba accesorios africanos y brasileños —era exigente al reclamar impecables acabados—, a veces, una prohibida pieza de marfil o algunas esmeraldas engastadas en oro, que las enviaban de Colombia y ella las ofrecía a los pasajeros en cajitas coquetas chapeadas con malaquita. Había conseguido un proveedor mexicano, de la calle Broadway y 7.ª, en el Jewelry District, de Los Ángeles, que le despachaba pendientes, cadenas y pulseras de oro, a buen precio. Una dominicana cincuentona, eficiente y de honestidad incontrastable, atendía en *Ne me quittes pas* —así de romanticón era el nombre del bazarcito en la estación, como la famosa balada—. Adèle contaba que fue en la Gare de l'Est donde conoció a Pablo Oquendo, quien se interesó en los diseños étnicos y le sugirió que incluyera en sus vitrinas joyas y artesanías finas de Ecuador, y le ofreció buscar el contacto con la esposa belga de un conocido pintor ecuatoriano que, aseguró Oquendo, hacía unas originalísimas joyas de oro, plata y coral, reproduciendo diseños precolombinos o inspirándose en ellos. Tenían tanto en común. Ella le pidió que le permitiese pintar en su taller. Él dijo sí, con la condición de que posara para él. Ella dijo: ¿por qué no? Cuando la contempló desnuda se sintió tan poca cosa que al terminar el cuadro estaba humillado. He pintado una obra maestra, pensó. Se acercó a Adèle, la beso en los pies y le ofreció disculpas por no ser mejor pintor. Ella lo desvistió con ternura y fornicaron con ímpetu animal para celebrar la epifanía que compartían.

Fueron unos meses en que ella intentó seriamente convertirse en una artista plástica. En Argentina, se había dedicado a la pintura informalista durante un año —José Donoso, a quien resultaba antipática, decía que Adèle se había parado frente a un caballete únicamente para sentirse una niña bien de Buenos Aires, que por moda asistían a talleres de pintura—, pero la dejó por el teatro. Siempre reconoció que, en su segundo intento, Oquendo le ofreció un gran apoyo, mucho de su tiempo e, incluso, compartió secretos del oficio. Pero no poseía suficiente talento, ese instinto innato que se necesita y no encontraba la inspiración suficiente. Buscaba expresarse a través de un arte abstracto no geométrico —le obsesionaban las estupendas manchas de Antoni Tàpies y de Pierre Soulages— pero ella apenas conseguía unos tímidos esperpentos sin valor plástico que, luego, rasgaba y echaba al fuego, y no sabía qué hacer con la angustia incombustible que la vencía. Era mejor para posar y dispensar al frágil Oquendo unas felaciones prodigiosas que lo dejaban bañado en lágrimas; era su forma de agradecer, porque ella se preciaba de que nunca dejaba una deuda sin pagar. Al pasar el tiempo, Adèle solía mirar con ojos de desconocida a la mujer de aquel retrato que conservaba en su cuarto de la rue Brea como un despojo de su cuerpo y de su estéril paso por la pintura. La miraba con indiferencia y, me figuro, vibraba en su glotis el nombre de Oquendo. Luego de aquella vez, aseguraba, jamás volvió a acostarse con él. Che, querida, lo quise mucho, lo sigo queriendo a Pablo, pero no me volvió loca. Vos me comprendés, ¿no?

La recepción de la embajada fue en esos días. A la semana siguiente, Marcelo Chiriboga concurrió al taller de Oquendo, en el Patio de los Judíos, en Montmartre, adecuado en un camaranchón espacioso, con mucha luz, donde supuestamente había vivido Henri de Toulouse-Lautrec, algo que nadie podía corroborar, pero decirlo confería cierta magia a la buhardilla. Chiriboga llegó allí agitado. Pablito, estas escaleras sí que son empinadas, me han sacado la madre. ¿Cómo hacía el lisiadito para llegar hasta estas alturas? Y no pudo decir más: en las arterias de la cabeza se le produjo un embotellamiento cuando la vio desnuda, pero *vestida*, sentada sin pudor, apenas cubierta con una guitarra, mientras un vehemente Pablo Oquendo luchaba con las tintas ocres, rojas y negras que dominaban esa tela. Cuando concluyó la sesión, se pusieron a beber el vino que había llevado Chiriboga —envuelta en un albornoz Adèle sonreía, pero imagino que lucía involuntariamente distante, como siempre que se proponía ignorar a alguien—. Nunca me lo dijo, pero asumo que, desde entonces, ella supo que Marcelo sería su karma. El hombre era empecinado, tanto como ella, oportunista, manipulador, un náufrago. Justamente esa última palabra era la que mejor lo describía. Encajaban como tuerca y tornillo. Las cosas podrían funcionar entre los dos si, a todo esto, se añadía que él estaba dispuesto a embarcarse en una relación abierta de pareja —algo primordial para Adèle, que entonces ya sabía cuánto valía su independencia— e, igual que ella, había decidido no dejar descendencia. Pero no se lo puso fácil. Al asedio obstinado de Marcelo respondió con la rigurosa indiferencia. Echaba las flores al basurero del taller, ante la mirada cómplice de Oquendo, desdeñaba las invitaciones, devolvía las botellas de vino que le enviaba allí, y sentía un placer malévolo cuando —pobre voyeur— él asistía como espectador a alguna sesión en que ella posaba: en realidad, lo torturaba con su deliberada impudicia. Luego, conversaba con él, le deslizaba señales cifradas pero falsas, como una astuta calientagüevos —así llaman a las calientapollas en algunas partes—, y él, por supuesto, continuaba atrapado por la expectación y el repetido quizá, che. Y, cuando en la rue de la Planche lo vio ante la puerta de su piso, ella creyó que Chiriboga se había convertido en un acosador peligroso, pero más sorprendido estaba él, que no podía imaginar que ella viviera tan cerquita, donde había muerto la vieja Catherine Pican. Justamente, con ese encuentro inesperado concluyó el juego del gato y el ratón —él bajaba por las escaleras, radiante, y ella apenas llegaba, con ánimo grave. Donoso comentaba, o inventaba, que, si le imbuía el desaliento, ella se echaba en la cama por varios días y preguntaba a su espejo: Dime, espejito, ¿eres Adèle de Lusignan, Adèle de Lusignan, Adèle de Lusignan?—. En ese día, por mí, Marcelo obtuvo un gran contrato para la segunda edición, con la impensable tirada de cien mil ejemplares, de *La caja sin secreto*, su segunda novela en sentido cronológico, y la mejor de todas, y asimismo de *Polvo de levadura* —la tragicómica historia de un guerrillero ecuatoriano que decide ir a Cuba en busca del Che, que había aparecido en una modesta edición, en México—. La invitó a celebrarlo con una copa en La Closiere des Lilas. Ella no pudo decir no, tanto más cuanto que, con aquella noticia, el náufrago se volvía de pronto interesante y, tras realizar en su cabeza dos operaciones aritméticas, mientras bebían aguardiente de sidra, Adèle decidió que ya había sido suficientemente inhumana con él; a fin de cuentas, che, el ecuatoriano era presentable. Aquel aguardiente era la copa del estribo. Antes, tomaron Negroni, un coctel vasco que, según él, era la mejor bebida del mundo: en un vaso largo pones cuatro hielos, ginebra, vermut rojo y Campari; los mezclas bien; si quieres decoración puedes utilizar dos rodajas de naranja; luego, lo bebes de modo personal, como si te estuvieras envenenando, según como prefirieras la ponzoña, de golpe o sorbo a sorbo. Cenaron el plato favorito de Marcelo: riñones al jerez, que ella aceptó sin apetito porque le desagradaba el regusto que dejaban esas vísceras. *Quisiera hoy ser feliz de buena gana, ser feliz y portarme frondoso de preguntas.* Presumo que la preferencia del ecuatoriano por los riñones se debía a que Leopold Bloom comía con delectación los órganos interiores de bestias y aves. Cfr.: *Ulises*: Le gustaba la sopa espesa de menudillos, las mollejas sabor a nuez, el corazón relleno asado, las tajadas de hígado rebosadas con migas de corteza, las huevas de bacalao fritas. Sobre todo le gustaban los riñones de cordero a la parrilla, que daban a su paladar un sutil sabor de orina levemente olorosa. Adèle se encontraba extrañamente dócil. Ese hombre y el Negroni habían conseguido cambiarle el ánimo.

Aquella noche durmieron en el sotabanco; bueno, durmió ella después de que hicieron el amor como dos viejos conocidos; pero él no: me contó que esa noche, con la respiración pausada de Adèle en su almohada, contemplándola dormir profundamente, por fin, alcanzó a descifrar el argumento de su tercera novela, que le daba vueltas en su cabeza desde mucho antes: el conflicto existencial de un pintor atrapado por el fanatismo político y la compulsión de la militancia izquierdista. El protagonista resultó ser un pájaro desorientado, el conocido criollo sudamericano sin pasado que alabar, atormentado por las prácticas estalinistas del Partido Comunista en Ecuador; pero, entonces, yo no le creí. Un año y medio después, no obstante, gestioné un contrato para ese libro y Chiriboga ya empezaba a ser un escritor reconocido; incluso, Bernard Pivot lo había invitado por primera vez a que se presentara en *Aphostrophes*, su programa literario en la televisión. Fue cuando Adèle y Marcelo se mudaron al piso de la rue Brea y se convirtieron en invitados habituales de las fiestas de la embajada.

Como yo lo veo, cerraron un negocio de mutua conveniencia. Chiriboga le dio oxígeno a *Ne me quittes pas* con algo de liquidez, Adèle encontraba un suelo firme que le dispensaba la seguridad psicológica que obtenía de un goteo permanente de francos, aunque no muy abundante; y él conseguía la mujer con la que había soñado para tenerla cerca y para exhibirla como un trofeo que otros ambicionaban —según Adèle, Marcelo se envaneció como un mozalbete cuando, en alguna ocasión, le contó que había rechazado las pretensiones del mismísimo Carlos Fuentes, quien la había llamado desde España para invitarla a que disfrutaran juntos de una semana de la movida madrileña —. En la rue de la Planche, cada cual vivía en su territorio y compartían sin mucha frecuencia las camas de uno y otro lugar; y, ya en la rue Brea, formalmente el piso compartido, dormían en aposentos separados y, como antes, a veces se metían juntos en uno de los lechos. Por un tiempo, ella continuó frecuentando el taller del Patio de los Judíos. Chiriboga no la ataba corto y la esperaba con paciencia cuando ella desaparecía por unos días, y ya podemos presumir que no era con el pintor; ocurría lo mismo, si el que se esfumaba era él. Lo que importaba, para ellos, era que siempre regresaban y, supongo, recobraban el más intenso placer de la libertad al compartir sus infidelidades, como si ejecutaran un oculto rito transgresor. ¿Era el suyo un negocio perfecto? Donoso lo ponía en duda, pero, ya lo dije, ella le resultaba insufrible: sí, decía, es cierto que Adèle es divertida, inteligente, talentosa, independiente, pero también es lo opuesto a encantadora: no da tregua y desconoce el rinconcito para el misterio. Es demasiado afirmativa y discutidora, vive cargada de exigencias consigo misma y con los demás. Si fuera menos ruidosa, sería casi perfecta. Es la vagina dentada en persona. Con infidencia pueril, Donoso aseguraba que Chiriboga le llegó a confesar esto: Llego a temblar con las obligaciones que me impone, insignificantes pero tremendas exigencias suyas. ¿Vagina dentada? ¿Qué era toda esta chorrada? ¿Un miedo atávico del macho alfa a la castración? ¿O, tan sólo el enmascaramiento verbal de un deseo insatisfecho?

—Se llamará Cristo Jesús, por Nuestro Señor. Es un milagro que este guagua haya venido al mundo.

Lucrecia Dávalos arrebujaba con ternura al niño que había parido en la mañana, como si fuese insensible al intenso dolor de los desgarros perineales del alumbramiento. Es probable que el asombro compartido con su esposo actuara como un anestésico que la amortiguaba. Había culminado una preñez iniciada de forma normal hasta que, en la quinta semana, sintió un dolor tan vivo que creyó morir. Ése fue el aviso de que su cuerpo rechazaba al nuevo ser que se formaba porque algo no estaba bien y, en aquellos años, la biología era más sabia que los parteros ciegos —como el doctor Iosef Kesselman— que únicamente se valían del fonendoscopio y de una estampa de la Virgen para controlar la gestación, al tacto y de oído, aunque con fe —él había aceptado que lo llamasen Pepe con familiaridad; no era católico, como sus pacientes; la litografía era un placebo que ayudaba y él no estaba para discusiones religiosas—. Lucrecia colmó de sangre una bacinilla y la tristeza la botó a la cama. Pero resistió al delirio de la fiebre y la trabazón maquinal de los maseteros, aunque le costó un diente, que le rompió su madre con una cuchara, al obligarla a que tomase un caldo de gallina, que cura hasta a los leprosos. Un mes más tarde, la regla no se le había presentado, pero aquello no la intranquilizó. Mi cuerpo necesita más tiempo para retomar sus ciclos normales, se dijo. Luego de cinco semanas y poco más, continuaba sin manchar las bragas, así que visitó a Kesselman, llevada por el buen juicio y la sensatez, que la caracterizaban.

—¡Estás embarazada como de cuatro meses!

Emocionado, el médico hablaba con ese acento alemán que no había conseguido escupir, desde que, por casualidad, llegó a Ecuador, con Tamar, su mujer, y su violín, porque el aire ya no se podía respirar en Alemania.

—No es posible, doctor Pepito, me he cuidado como nunca —la abstinencia se había cumplido a cierrapiernas, aguantando la protesta y el asedio de su marido.

—Sí, doña Lucrecia. Sí es posible. Es un caso raro, pero puede ocurrir. Eran mellizos. Perdiste uno hace como un mes y medio, pero el corazón del que llevas en el vientre suena como una locomotive. ¡Demos gracias al cielo!

Así que, gracias a la patria celestial, Cristo Jesús Chiriboga Dávalos nació el viernes de la Semana Mayor de 1938, a las nueve y veinte de la mañana en la casa familiar de tres patios, cuyo portón se abría a la Plaza Roja, emplazada en diagonal al convento de las Madres Conceptas —una placa en la fachada rezaba: Julio E. Chiriboga. Abogado. Y, otra, más pequeña: Sírvase fijar los honorarios—. Una locomotora tamborileaba en el pecho del recién nacido. Y la ternura enajenaba a los mayores. Todo esto lo supe de su boca. Desde el día anterior, allí había permanecido estacionado el Ford modelo A del médico y las luces de la casa no se apagaron en la madrugada. Caía un aguacero en París en aquel día *del cual tengo ya el recuerdo*, pero en Riobamba, desde temprano el cielo estaba tan limpio que en el horizonte se eternizaba el Chimborazo: era un inalterable ogro filosófico sentado en un escabel de los Andes, tomando el sol o, simplemente, entretenido con ver pasar la vida. Tras nalguearlo, Kesselman lo entregó a la abuela. Se lavó las manos en una jofaina y tomó una toalla limpia. Sonrió a Lucrecia, como un padre. La animó con breves palabras, sin mucha convicción. Al salir, le anunció al hombre de la casa —había pasado la noche con él velando una botella de aguardiente de caña y jugando baraja— que era padre de un mellizo solitario, un varón sano, que su esposa se encontraba bien, aunque dolorida. Cuando se ponía la chaqueta, alguien le ofreció un vaso de jugo de babaco, fresquito; él tomó dos, en seguidilla. Dankeschön.

Dieciocho años y un día después, un chaval se acercó a las ventanillas del Registro Civil, en Quito.

Vestía terno, chaleco y corbata algo pasados de moda; espejuelos con marcos de carey; cabello largo para la época; zapatones y un paraguas negro tomado por la empuñadura: no llovía como en París, hacía dieciocho años y un día, pero amenazaba —Pichincha oscuro, aguacero seguro—. Necesitaba obtener su documento de identidad y cambiarse de nombre. Se alistaba a votar por primera vez, en las inminentes elecciones presidenciales. En una carpeta había puesto la solicitud dirigida a la autoridad, redactada y refrendada por un abogado, donde expresaba su voluntad de llamarse en adelante Marcelo Renán Chiriboga Dávalos —no explicaba el porqué—, el registro de nacimiento, la indispensable fe de bautismo y veinticinco sucres —un billete de cinco y dos de diez, sujetos con un clip— para los timbres fiscales. Se había prometido cambiar de nombre apenas alcanzase la mayoría de edad, cuando su primera enamorada, Isabel, ¿no?, le diera el sí con la condición de que le permitiera llamarle Arturo —Tuto, cuando él buscaba su lengua con la suya y osaba ponerle la mano en el vértice de sus entelequias (*palpo el botón de dicha, está en sazón*) y ella abría las piernas, así nomás, por reflejo—, pues le parecía una blasfemia que alguien se llamase Cristo Jesús, bueno, nadie que no hubiese sido Nuestro Señor Jesucristo. El padre de otra noviecita soltó un carajo cuando se presentó. Vea joven: para nosotros, usted es Juan, le dijo, sin permitir apelaciones, como si le hiciera un favor. En el Colegio Maldonado no le consintieron que se olvidara de su juramento: lo llamaban Chuchito, a lo mexicano; y, Chuchetu los condiscípulos más crueles; Jesusito, en quiteño; o, simplemente, Crisóstomo, Críspulo y, también Cristóbal; en la ceremonia de graduación de bachilleres, oyó risas reprimidas cuando lo llamaron para que recibiera el diploma, pero él no se apocó. Su hermano menor siempre lo llamó Cris, y así le llamaban sus tíos y primos; pero sus padres, por su verdadero nombre. Me contó que en el quinto año entró al club de lectores, que dirigía el señor Jaramillo, profesor de literatura. En su doble vida, el señor Jaramillo era nada menos que el gran maestro de la masonería riobambeña. Fue él quien le pasó un libro que en la sobrecubierta llevaba el compás y la escuadra, le advirtió que estaba en el *Index Librorum Prohibitorum et Exporgatorum* de la Iglesia Católica, por lo que lo leyó a escondidas, con la esponjosa sensación de que cometía un pecado mortal. Era *Vida de Jesús*, de Joseph Ernest Renán, un historiador tremebundo, que había renunciado al sacerdocio después de recibir las órdenes menores, a quien el papa Pío IX había calificado de Satanás de Europa porque en esa obra maldita había pretendido demostrar que Jesús de Nazaret era el primer anarquista conocido. Pero el presunto anarquismo interpretativo no era el verdadero motivo del castigo: lo de fondo era que sembraba la duda sobre la historia sagrada, acerca de la veracidad de los relatos evangélicos, a los que calificaba de simples fabulaciones, sin ninguna fiabilidad histórica. Cristo Jesús era entonces un católico forzoso como todos los niños, recibió el catecismo con una monja concepta a los siete años y, a los ocho, hizo la primera comunión junto a otros muchachos en la Capilla del Sacrilegio. Aquel día —con el hidrófilo cuerpo de Nuestro Señor en el paladar— pudo advertir el entusiasmo de su madre Lucrecia y la indiferencia de su padre Julio, un creyente no practicante y ponderado que simpatizaba con ideas anticlericales, herencia de la revolución alfarista de principios de siglo. No obstante, el criterio de su madre se impuso —el amor también hacía tolerante a su marido— y el niño realizó la primaria en el San Felipe Neri, con los jesuitas. Pero, como si se tratase de una compensación que nunca fue acordada, ya mancebito, la secundaria la cursó en el Pedro Vicente Maldonado, un colegio fiscal y, por consiguiente, laico. La influencia del señor Jaramillo le permitió entender recién la doctrina inoculada en la infancia como una hipnosis, se le revelaron los vicios de los curas, dejó de ir a misa los domingos para dedicarse a la lectura de la obra prohibida. Con ese libro descubrí el racionalismo, lo que cambió mi vida. Renán me deslumbró, y estuve a punto de convertirme en protestante. Seguí siendo católico, Polaca, pero de ésos no muy convencidos, casi agnóstico, aunque no tanto. Y, decidí llamarme como él. Sin que yo lo preguntase, añadió que escogió también Marcelo que, en verdad, es el diminutivo de Marcos, pero quiere decir martillo —yo ya sabía que en mi vida iba a tener que machacar— y era el nombre de moda en ese tiempo, pues en el Odeón habían pasado *Vida de perros*, con Marcello Mastroianni, y todos los colegiales queríamos ser como él. No obstante, a veces tengo la extraña certidumbre de que en verdad yo no escogí llamarme Marcelo. Me ocurre con frecuencia que siento que Fuentes y Donoso fueron quienes lo eligieron para mí, porque la desazón no los dejaba dormir, porque Benitín y Eneas necesitaban que yo existiera para expresar lo que no podían decir por su propia boca, o qué sé yo… En ocasiones los imagino como dos artesanos antiguos en el claroscuro de un obraje veneciano en la isla de Murano, asombrados o perplejos porque han inventado el método de revestir el vidrio con una rapsodia de plomo y Júpiter en el propósito de fijar su imagen, de mirarse magnetizados por su propio reflejo para sumergirse en la imposibilidad metafísica de su identidad, porque allí aparezco yo, y tal vez les fastidia lo que ven, debido a que el espejo refleja su imagen derecha pero invertida en el eje vertical, lo que ellos son y no son… en fin, no me hagas caso, los embelecos de mi cabeza me hacen hablar así. *Exijo del sombrero la infausta analogía del recuerdo.* Entonces, no lo entendí, me pareció que él desatinaba, por su manía de fantasear, o por lo que estábamos bebiendo, así que me hice la distraída y me acordé que alguien había hecho notar que la popularidad de la palabra metafísica se debe a que sirve para todo.

De niño, Cristo Jesús deambulaba por los corredores de la casa paterna como si estuviera extraviado. Le gustaba pisar las vértebras de cerdo que formaban rombos en el piso de piedra y alzar la vista para contar las alfarjías, arrastraba los cochecitos de juguete por los pasamanos, miraba absorto los colibríes que, suspendidos en el aire, encajaban sus largos picos en las campánulas del floripondio o de los farolillos del segundo patio, un jardín de plantas endémicas, algo descuidado, mucho más pequeño y menos incomprensible de lo que se le figuraba al chiquillo que allí se convertía en un curioso explorador que iba en busca de tarántulas y ciempiés, llegaba a los recónditos nidos de pájaros o, simplemente, se dedicaba a escuchar el murmullo de esa jungla, sentado en una muela de molino que nadie sabía cómo había llegado hasta allí. Era cuando le invadía la certidumbre de que todo estaba fermentándose, el aire era allí tan sombrío que la tierra exudaba un miasma obsceno, caían las flores del cholán en la alfombra de hojarasca, el musgo silenciaba las piedras y el silencio era un sordo silbido en los oídos. ¿Oyes cómo me voy pudriendo?, me decía cuando enmudecíamos, pero, hasta entonces, quién me ha visto y quién me ve, pasaría media vida. Los límites de su universo infantil aparecían pasando una tranquera que daba a la huerta, donde, en una construcción adosada, estaban la lavandería, dos habitaciones para los sirvientes, la bodega y el gallinero. En una pared medianera, una guacamaya daba gritos espeluznantes agarrándose de unos listones clavados allí a modo de estacas supinas: era una mancha de colores primarios, como los de una bandera pintada en un lienzo pardo de adobe que en los días de lluvia se ponía tan negro como el suelo debajo de los tomates de árbol; en el fin del mundo olía a cilantro y hierbabuena, y las acheras florecían todo el año.

Los corredores de alfarjes daban al patio grande. Las puertas y ventanas correspondían a la oficina y la biblioteca, los dormitorios, el cuarto de baño, la sala, el comedor y la cocina. Los mayores se reclinaban sobre los barandales o tomaban sol junto a la fuente, que recibía agua por la boca de tres peces de granito. *Cae agua de revólveres lavados.* Al pie de las columnas de madera florecían macetas de geranios y begonias sedientas y, en una esquina, un arbolito de hojas sucias daba naranjas agrias; en las noches, la sustancia de los azahares enviciaba el aire y el niño se dormía sintiendo que la pudrición lo digería todo y que en la mañana encontraría el mundo convertido en una materia pringosa, como un moco —la palabra exacta es gargajo—. Un pequeño zaguán llevaba a lo desconocido. Por allí asomaban los indios con canastos de huevos en busca de su padre, para que los defendiera en los juzgados de tierras y en las comisarías. Eran seres descalzos, misteriosos, de caras agrestes, que hablaban una lengua incomprensible, siempre embozados en ásperos ponchos y en un hircismo telúrico. Su padre los recibía en la puerta del despacho, junto a la biblioteca. Alguna vez vio que le besaban las manos y cómo un aire valedor abotonaba su chaleco. También llegaba allí el mayordomo de la hacienda —legado de los Dávalos, una especie de dote matrimonial— a hacer cuentas, acarreando sacos de harina y de patatas, tarros de leche y quesos tiernos: era un gigante barbudo con botas de montar y majada en las suelas, llevaba un látigo enrollado, sujeto a la cintura, de donde también colgaba un puñal; en bandolera, una canana con cartuchos verdes y rojos; la escopeta, al hombro. Cuando recibía órdenes de su padre, el coloso miraba al suelo y sacudía la cabeza para negar o asentir.

En la boca del zaguán aparecieron Leonor y Roberto, dos primos adolescentes de ojos claros que llegaron de Guayaquil en unas vacaciones. Trataban de sonreír manteniéndose cerca de las valijas, intentando domeñar la turbación por conocer a nuevos parientes que hacían las consabidas bromas y las obvias preguntas. Luego, se aclimataron con facilidad. Asomaban espe-

cialmente a las horas de sentarse a la mesa del comedor y en las noches le contaban leyendas fantásticas
de aquella casa, golpeando la lengua al pronunciar la
eres y comiéndose las eses. Así, marcarían su puericia.
Por ellos, aprendió a escuchar el agua improbable con
que se bañaba un fantasma de mujer en el hielo de las
madrugadas; con todos los sentidos, aguardaba a que
algo o alguien se sentara al borde de su cama y le suspi-
rara al oído o que anduviera a sus espaldas, cuando
él se peinase viéndose en el espejo; aunque lo intentó,
nunca escuchó arrastrar cadenas en las galerías del
patio grande; pero, en cambio, sin inquietarse, se acos-
tumbró a ver en las sombras una llama imposible al pie
de una pared abombada, cerca de la cocina, porque, era
cierto, quemaba el aire un entierro de monedas de oro.
A sus primos les habían asignado sendos catres de tijera
en su habitación. Leonor lo llamaba a su lado cuando
todo estaba a oscuras porque sentía miedo, lo abrazaba,
le metía la lengua en la boca y tomaba su manita para
frotarse con ella entre las piernas, donde Cristo Jesús
sentía dilatarse un liquen húmedo. Lo constreñía ese
placer que tiene lo innombrable, respirando el aroma
de la sicalíptica crema Pond's: en las contigüidades
de la memoria, ese unto siempre olería a Leonor, a
su glándula almizclera y a su molicie. *Esta niña es mi
prima. Hoy, al tocarle el talle, mis manos han entrado en
su edad como en par de mal revocados sepulcros.* Si no,
era Roberto el que se metía en su cama. Entonces, a
dos manos, el niño apretaba algo duro, movía la piel

de arriba abajo, a instancias de otras manos, hasta que su primo jadeaba y se ponía a temblar. En el día, ellos lo ignoraban y él, entre los juegos y los mimos de los otros, esperaba deseoso que llegara la noche. Tiempo después, los volvería a ver en varias ocasiones, asistiría al matrimonio de Leonor Pond's con un capitán de la Armada y a la graduación de Roberto —por la abogacía encontró él un hueco de la cornucópica política—, pero ninguno mencionaría aquello que tal vez de ningún modo pudo ocurrir en la camita del pequeño. No lo había contado a nadie. A los seis años experimenté la revelación del sexo y me deleitó aunque no sabía por qué. ¿Lo puedes creer?, me comentó en alguna ocasión.

La primera vez que franqueó el portón hacia lo desconocido, o la primera que recordaba, de la mano de mamá Lucrecia —traje sastre, la orilla de la falda bajo las rodillas, sombrero con red cubriendo el rostro de mujer de buena familia—, lo recibió en la plaza una muchedumbre que coreaba consignas contra el Perú y el imperialismo, y en favor de la Alemania nazi. ¿Fue el mismo día en que vio a unos jóvenes soldados encaramados en el ferrocarril, las manos en alto, haciendo adiós y gestos obscenos? A lo mejor. Trato de reconstruir su mundo de cagoncillo, de crío deslumbrado, uniendo vestigios de palabra y susurros, sabiendo que lo que escribo es la arqueología de un fingimiento. Las banderas rojas con la hoz y el martillo se agitaban en oleadas. Apresuraron el paso y el pulso. El pequeño no sabía qué tenía el hervor de la violencia, que lo acobardaba. ¿Adónde iban? Quizá a la consulta del doctor Kesselman; si no, a la Sanidad, por una vacuna; o tal vez, a visitar a la abuela —grande, vestida con faldones negros que llegaban al piso, el pañolón sobre los hombros, esos ojos vidriosos, la cabeza ceñida por un trapo, el aura del mentol chino, las manos arrugadas—. El país estaba en pie de guerra, porque el Perú iba a apropiarse de los tributarios del Amazonas, es decir, de la razón por la que el Ecuador es, ha sido y será un país amazónico, la gnosis de su yo inventado, de su magnificencia universal que, al menos, quedó escrita en la Catedral capitalina: *Bien se podría gloriar Babilonia de sus muros; Nínive, de su grandeza; Atenas, de sus letras; Constantinopla, de su imperio; que Quito las vence a todas por llave de la cristiandad y por conquistadora del mundo. Pues a esta ciudad pertenece el descubrimiento del gran río Amazonas.* Y ese mundo veía incendiarse Europa: Stalin había firmado protocolos secretos con Hitler. Los comunistas obedecían ciegamente a Moscú, mirando absortos la invasión alemana de Francia, Holanda y Bélgica; a soviéticos y nazis repartiéndose Polonia; el ataque a Finlandia, la anexión de Estonia, Lituania y Rumania por cuenta del Kremlin. Los fascistas, indignados, no entendían cómo el Führer se había entendido con el comunismo. En ese tiempo, yo asistía al colegio de monjas, feliz de que las fuerzas nacionales hubiesen derrotado a los republicanos en mi país, aunque no sabía muy bien por qué los unos eran malos y los otros, buenos. En verdad, la felicidad de los que habían ganado la guerra civil, algo así como una venganza saciada, me la transmitían mis padres y se vigorizaba en la severidad de las aulas de la Mercè, donde ya nos vigilaba el retrato del generalísimo Franco, colgado junto a la imagen de la Virgen. Me parece recordar que en ese tiempo empecé a soñar frecuentemente en que ascendía por las escalinatas de la Sagrada Familia; me dolían la piernas de tanto subir, pero no me movía del mismo lugar; cuando miraba hacia abajo, unas veces veía un mar en calma, en otras, un desierto de dunas o, si no, todo cubierto de cadáveres calcinados; entonces, persistía en mi empeño de ascender la basílica y cuando iba a pisar el último peldaño, me despertaba con una sensación agradable en el cuerpo. Lo he recordado porque lo he vuelto a soñar con frecuencia desde que me he empeñado en este desfalco verbal, pero cuando veo hacia abajo no hay agua ni arena ni cuerpos, sino papeles, como si desde el aire se hubiesen arrojado toneladas de octavillas; no obstante, me queda la misma sensación de infecundidad —atocia es el sustantivo que debería usar— que solo se calma si es que persisto en subir la escalinata en pos de un apogeo extraño. Pero Europa estaba muy lejos de Ecuador y la frontera era tan imaginaria como la llave del mundo o la línea equinoccial, de modo que la guerra era, sobre todo, un buen pretexto para llenar la Plaza Roja con obreros y estudiantes indignados, después de que marchasen por las calles de Riobamba. El Gobierno no supo o no le interesó defender la soberanía territorial y Estados Unidos permitieron que Perú se engullese medio Ecuador, porque la potencia se alistaba a entrar en la Segunda Guerra Mundial, me lo explicaría alguna vez. Así que no demoró la revolución, naturalmente hecha por socialistas y comunistas, pero tampoco tardó en llegar la traición, como ha de ocurrir fatalmente con las revoluciones, si son verdaderas. Supongo que, en ese tiempo, Chiriboga iba creciendo con cierto espanto por lo que contaban los europeos que llegaban huyendo de la guerra —Kesselman y su mujer eran de ellos—, acostumbrándose a los tumultos políticos que terminaban en la puerta de la casa paterna, constatando que lo que su padre decía sobre los Gobiernos de Quito era diferente de lo que explicaban los profesores del Maldonado. Nunca fue plenamente consciente del embarazo de su madre, hasta un mediodía en que estaban sentados a la mesa del comedor. Debía llegar allí con la cara lavada y peinado con unas gotas de limón, si no, su padre, diciéndole alguna broma, lo mandaba de vuelta hasta que se presentase sin mugre en el rostro. Estaba presentable. Él sonreía y su padre también. Comían un cariucho y la salsa de maní sobre las patatas había sido perfumada con trocitos de cebolla blanca y adornada con pampanuelos de huevo cocido. Al extender la mano para tomar la sal, vio con sorpresa que el salero se alejaba de su mano, como movido por una fuerza magnética. Extrañado, iba a alzar a ver a su padre, pero la araña de luces se desprendió del cielorraso con un estrépito de cristales que lo obligó a cerrar los ojos. Los tres intentaron ponerse de pie y cayeron al piso. Instintivamente, se acurrucaron debajo de la mesa. Él imaginó la casa convertida en un frágil barquito en medio de un torbellino de agua y arena. Al día siguiente, su hermano Gabriel apareció en los brazos del doctor Pepe Kesselman, que lo cargaba envuelto en una bayeta —Marcelo usaba palabras raras, me dijo que el doctor *amarcaba* a su hermano—. Como si se tratase de un fotograma de *Morir en Madrid*, Cristo Jesús los vio surgir de los escombros de un edificio bombardeado. Entonces entendió que la vida es porfiada, como las babosas que él había seguido en el segundo patio, y que ya no, porque había descubierto una dimensión infinita en la biblioteca de su padre, adonde se deslizaba para devorar los libros escritos para adultos. Un lustro, menos un mes y cuatro días después, cuando salía de allí, cabizbajo, tras ser testigo del suicidio de Anna Karénina, su padre se consternó al verle transformado en un mozo larguirucho de pantalones largos y espinillas en el desorden de su rostro. Un mutante de dieciséis años y pico, al que no se le notaba que había decidido ser escritor y que la porfía se le había metido en los huesos.

—Te vas a Huabug —le dijo su padre, movido por el sentido común—. El páramo te va a poner carnes y te va a borrar esa mirada de loco.

El mayordomo recibió la orden de instruirle en las faenas del campo, sin dispensas pero con el debido respeto, faltaba más. Se llamaba Juan Ballagán. En la hacienda le decían Don. Don Ballagán. De aquel humilde gigante no quedaba nada, pero seguía siendo un sujeto malencarado de látigo, puñal y escopeta. Aquí, yo soy Don Miedo, le dijo el primer día, cuando lo llevó a la siega de la cebada —los caballos piafaban, eran grandes y nerviosos; el mutante pensó en el terror que los centauros sembraron en la conquista y la evangelización—. Él agarraba la copa de la montura intentando que su inseguridad pasara inadvertida. Los peones los alzaban a ver descubriéndose la cabeza. Pies descalzos. Zarpas por manos. Oyó que le decían amupatrón. La reverberación de esa palabra debía hacerle sentir cojonudo, pero no, más bien sintió lástima de sí, como si él fuera la persona menos indicada en el lugar más equivocado. Un negro en un cagadero de blancos. Un madridista en las gradas del Camp Nou. El brioso Incitatus en un plató de televisión. El ala del Borsalino de fieltro hacía una sombra que le llegaba al pecho y, no obstante, la incandescencia del rastrojo lo cegaba. Imagino que en ese aquí y en ese ahora resolvió quedarse con la mirada de loco. Su padre lo llamó a la casa de Riobamba, tras varias semanas de madrugar al ordeño, cagar religiosamente en el aserrín de los establos antes del desayuno, tiritar los sábados en el agua de la acequia, sobarse velas de sebo en el culo desollado por la cabalgadura, escuchar en las noches las historias disparatadas de Don Miedo, beber aguardiente junto al fogón, dar órdenes con palabras quichuas, cortar leña, comer como un condenado, ir a disparar a la conejera, cargar sacos de granos y patatas en el carromato, abrir surcos en la tierra y en las manos, pensar en nada debajo de un eucalipto, viendo llover o espulgándose, hasta que escampase.

—¿Te has visto? No hay nada mejor que el campo para los jóvenes. Se te ve saludable, Cristito, pero sigues con algo en la vista. ¿No será de llevarte al oculista?

Se miró al espejo. Los ojos, algo saltones, aunque, era cierto, errabundos. El especialista no encontró ninguna anomalía.

—Tienes una vista veinte sobre veinte.

Y le aconsejó que, si se hacía una paja, debía mantener los ojos cerrados. ¿Le tomaba el pelo? No tuvo tiempo para discernirlo y tampoco pudo evitar que una sonrisa acentuara el desequilibrio de su mirada. Se sintió estúpido y culpable. El oculista lo repasó: je, je, caíste, cojudazo. Nunca lo dijo, pero, a buen entendedor... Entonces, su padre confió en que el desarrollo terminaría por cambiarle las vistas y decidió que el último año de la secundaria lo cursase en la Escuela de Agricultura Simón Rodríguez, de Latacunga. Gran noticia, pero él disimuló el entusiasmo que le causaba: Latacunga estaba en el camino de la capital. Sería cuestión de tiempo, de un año que pasaría volando entre injertos, manipulación de bulbos y rizomas, tediosas clases de química orgánica, embelesado por la botánica y por la obstinación del profesor Santiago Guamán —macizo, pequeño, ojos de quilico y ancha nariz—, agrónomo titulado en el Zamorano gracias a una beca otorgada por United Fruit Company y, por cierto, a que era el entenado de Rosa Lema, una mujer de congénita inteligencia comercial que exportaba hermosos bordados a Estados Unidos, con el inestimable apoyo de Choloboy, un ex presidente de la república, ni más ni menos, quien era el propietario de la hacienda donde los Lema habían sido huasipungueros desde que se tenía memoria, hasta que el patrón decidió entregarles la tierra, por propia voluntad. Rosa había organizado una red de manufacturas familiares con los ex huasipungueros. En Washington, miss Lema era considerada una líder emblemática del panamericanismo. En Montgomery, Rosa Parks estaba siendo encarcelada por negarse a obedecer al conductor de un autobús de servicio público, que pretendía, como a todos los negros, obligarla a ceder su asiento a los que tenían privilegios por su piel desvanecida. Y no muy lejos del latifundio del ex presidente, otra mujer organizaba a los indios en sindicatos comunistas para reclamar la tierra. Era Dolores Cacuango. Esa india es hija del diablo, había comentado con sus alumnos el refractario ingeniero Guamán al conocerse la noticia del levantamiento en Pesillo. Es que él no tenía cabeza para otra cosa que no fuera su magnífico proyecto: producir especies hermafroditas de fruta bomba —la maravillosa *Carica papaya*— en el altiplano andino, papayas más pequeñas pero más dulces, en la mesa; verdes, con más contenido de látex de papaína, la prodigiosa sustancia que evita la sedimentación en la manufac-

tura de cerveza —el cliente fijo, la Cervecería Victoria, si no, la Winner Sport—, ingrediente milagroso
de las cremas contra los paños, algo por lo que implo-
ran las embarazadas y las parturientas, o de tabletas
para el mal de hígado; y, sobre todo, la solución definitiva del lumbago: Guamán soñaba de pie, presio-
nando hacia delante con las palmas de las manos en las
ijadas. Aseguraba que se encontraba dando los pasos
previos que le llevarían al insuperable tratamiento
de esos dolores del disco intervertebral, inyectando
la enzima de la fruta al líquido cefalorraquídeo de la
espina dorsal. La papaína inyectable será un aporte de
la agronomía cotopaxense a la ciencia universal y un
laurel de oro en las sienes de nuestro gran protector.
Cristo Chiriboga no sabía si Guamán hablaba del iluminado maestro de Bolívar o de míster Samuel Zemurray,
el inspirador de la escuela de Honduras. Pero, le daba
lo mismo. Él estaba de paso.

Al llegar a Quito, se instaló en una pensión de estudiantes en San Juan. Era una casa de dos plantas y una
azotea, conectadas por una escalera revestida de baldo-
sas descantilladas. Los caseros ocupaban la primera
planta —una pareja de paisanos que envejecían en el
lugar común, jurando en arameo, rodeados de gatos—.
Él tomó la habitación de la terraza, la única disponible,
contigua a un pequeño cubículo con el sanitario. La
ducha estaba junto a una lavandería, por lo que se veía
obligado a bañarse al aire libre si el sol quiteño vencía
a los elementos. En el segundo piso vivían los herma-

nos Lara, dos chupamangos de Manabí, que iban a ser médicos, y, en otra habitación —compartía con ellos el mismo cuarto de aseo— Sérvulo Sánchez Quintanilla, lojano, gamberro, fornido como un armario, estudiante de abogacía, locutor de Radio Cosmopolita y cronista policial del *Diario de la Tarde*. Inició amistad con él una mañana en que el lojano, con una botella de agua mineral en la mano, subió a la azotea a recibir sol para curarse el chuchaqui —así llaman los ecuatorianos a la resaca, tal como *patas saladas* a los nacidos en Manta y *chupamangos* a los de Portoviejo—. Cristo Jesús dijo llamarse Marcelo. La amistad cuajó fácilmente, como leche fresca. Dos jóvenes provincianos podían cuidarse las espaldas. Eso quedó claro en aquel primer encuentro, aunque ninguno de los dos necesitó decirlo. Sin perder tiempo, Chiriboga alistó los papeles para cambiarse de nombre, a espaldas de sus padres, por supuesto. Compró unas gafas de cristales inocuos, que le daban carácter y amortiguaban su irritante mirada. Él decía que le habían diagnosticado hipermetropía. Cumplió lo que había prometido: se matriculó en la Facultad de Agronomía de la Universidad Central y así se garantizó la mensualidad que la familia le enviaría de Riobamba. El locutor y cronista policial lo introdujo en las reuniones literarias de universitarios, donde se hablaba más de política que de literatura, se fumaba Full Speed y se bebía mayorca Flores de Barril —el de la botella con el guagua montado en la etiqueta—, mientras, por lo general, una mujer rasgaba una guitarra y cantaba una canción que, entonces, se oía dale que dale en la radio: *Yo quiero que a mí me entierren como a mis antepasados, en el vientre oscuro y fresco de una vasija de barro...* Casi siempre todos cantaban con ella y el coro sonaba como un lamento colectivo en la madrugada. De ordinario, algunos no podían retener las lágrimas, otros alzaban la voz asegurando con inmodestia que eran hijos del mismísimo Inti y de la Pachamama, o maldecían que el sol hubiese sido pisoteado por las patas de los caballos, ¡carajo! En cada jarana literaria Sánchez Quintanilla se las tomaba con uno de los camaradas, usualmente el de rasgos más aindiados, le caía a puñetazos sin motivo alguno o con cualquier pretexto, entre los que estaban la ira y la esperanza que encendía el anisado, lo derribaba y continuaba golpeándolo, mientras Marcelo balbucía dando vueltas en torno de ellos: ¡Dale al rosca! ¡Dale al rosca, Servulito! El libreto se repetía sin remedio y los dos parecían compartir un disfrute vergonzoso, que luego no mencionaban. La sobriedad la dejaban para comentar las noticias de los éxitos del socialismo que traía *Novedades de Moscú* o para compartir los resúmenes de los libros de Bujarin y Mariátegui, que se esforzaban en digerir.

La mujer de la guitarra era Clementina Riofrío, escultora y maestra de escuela, comunista, por supuesto. Su voz era una descarga cuando inflaba el pecho, cerraba los ojos y caía en trance. Prosuda. Dientes como teclas. La Gloria Swanson del partido. Su padre —palo grueso del comité central— era un conocido médico tocólogo,

el único que realizaba abortos en la ciudad, sin miramiento, aprovechando de su prestigio. Lo certificaban
las lenguas de doble filo, y si el río suena… Marcelo la
volvió a ver en un encuentro con Benjamín Carrión y
Jorge Carrera Andrade, que habían coincidido en Quito,
por lo que naturalmente la Casa de Cultura convocó
a escucharlos. Eran una suerte de hermanos mayores
mundanos, si no padres, que hablaban de América
Latina con inteligencia; los estudiantes los admiraban por su obra y envidiaban en secreto su cosmopolitismo. En esa ocasión, Clementina tomó conciencia
de la existencia de Chiriboga, porque se puso de pie y
fulguró como un lector erudito que se descubría ante
los grandes; hizo preguntas acerca de libros leídos en la
casa paterna, que la mayoría sólo conocía por el título
aunque tal vez los exhibían en sus anaqueles. Luego,
a la hora de los canelazos, coincidieron en uno de los
grupos que se hacen y deshacen en las reuniones de
gente de pie con jarros en mano. Charlaron brevemente
hasta que la mujer escuchó que él estudiaba Agronomía, lo que operó como una ballesta interior que la
impulso a deslizarse a otro grupo que, al instante, la
absorbió con un movimiento fagotrópico parecido al
de los protozoarios cuando se alimentan. En algún
momento, Benjamín Carrión lo llamó con un gesto —
el jarro en alto— y lo felicitó por su intervención y eso
lo oyeron algunos. Con una mano en el hombro, le
pidió que no dudara en buscarlo si alguna vez creía
que él podía ayudarlo. Chiriboga se sorprendió al oír

su propia respuesta: lo llamaré para que me haga un prólogo en el libro que estoy escribiendo, don Benjamín. Carrera Andrade vestía un gabán de paño del que se libró en algún momento y lo dobló sobre el brazo; lo acompañaba una mujer tan alta como él, con un abrigo de cuello de piel. Carrión, un traje cruzado, que hacía más prominente su abdomen. Algún solícito anfitrión que no se separaba de ellos, un esmoquin de solapas lustrosas. Sánchez Quintanilla y Chiriboga, suéteres de lana con el cuello de tortuga, como los que usaban los jóvenes parisinos según las películas de Truffaut. Chiriboga la buscó con la vista. En una esquina, ella hablaba con un sujeto pequeño, que se parecía a Lenin, con la misma perilla rojiza y esa cabeza aovada. De vez en cuando, aquel cabeza de huevo miraba con odio a los viejos afamados. El periodista no podía creer la suerte de su amigo quien, interpretando el palmoteo del gran Carrión, tomó conciencia de que poseía una diferencia, un plus se diría ahora: había leído más que otros, cierto que desordenadamente, pero aun así era un algo muy grande, que podía ser provechoso. No sabía que estabas escribiendo un libro, le dijo más tarde Sánchez Quintanilla. Yo tampoco, recusó Chiriboga, y los dos rieron como dos muchachos traviesos. Luego, se quedaron en silencio, atrapados en una ampolla de melancolía, que estalló cuando un salonero llegó a ellos con una bandeja de canelazos.

MARCELO PRESENTÓ SU FLAMANTE documento de identidad en una junta electoral de San Juan y votó por vez
primera para elegir presidente. Estaba rebosante de
civismo, pero no se le notaba. Aun cuando en la universidad formaba parte de los grupos izquierdistas que
pedían anular el voto en rechazo a los candidatos de
la oligarquía por igual, él, ya a solas con la papeleta en
las manos, protegido por un biombo de cartón, el agra-
vante de una nocturnidad y una alevosía subjetivas,
rayó en la casilla del candidato liberal. No iba a darse
el lujo de desperdiciar su voto. Pero ganó la presidencia quien había sido prepotente ministro de Gobierno
del régimen en funciones, por el que habían hecho
campaña electoral el propio presidente, ministros,
burócratas, policías y guardas de estancos, y en especial los curas, que se encaramaron a los púlpitos para
descargar amenazas tonantes de excomunión contra los
que, siendo católicos, no votasen por aquel candidato,

al que respaldaban las señoras de *rouge* en los labios y tacón alto, los terratenientes y los tenientes políticos. Así que el encanto cívico le duró muy poco. Fue cuando escribió su primer libro —un abultado cuaderno, en verdad, que siempre intentó olvidar— y la primera vez que ganó un parné con la escritura. Pecado de juventud o metedura de pata. Lo tituló *El cisne de fuego*, una chapuza con la pretensión de poema en prosa dedicado a la reina del Benemérito Cuerpo de Bomberos de Quito. Había sido un trabajo por encargo, por pedido insistente de un familiar de su padre, riobambeño, claro, que era el comandante de la institución. El folleto se presentó en una eterna sesión solemne —fue el último punto de la orden del día, antes del himno de la ciudad coreado por los asistentes— y, a la hora del festejo, a él se le concedió el privilegio de bailar el primer vals con el cisne de fuego que, en la inmensidad del lago de Tchaikovsky, era un pingüino de hielo con muy poco ingenio, pero con una anatomía que los bomberos imaginaban apenas cubierta por la casaca roja en el calendario de los neumáticos Goodyear, los insuperables para los camiones cisterna.

En aquella época empezó a frecuentar un café de la Plaza Grande, adonde concurrían borrachitos, políticos y artistas frustrados. Una noche apareció allí la Gloria Swanson autóctona, acompañada como siempre de un admirador seguimono —del idioma chiriboguiano: imitador— que, como ella, vestía poncho otavaleño, en repudio a la moda impuesta por el imperialismo y el vasallaje colonial. La mujer lo miró alzando las cejas.

—Ve, el agrónomo… —dijo a su acompañante, con voz suficiente como para que Chiriboga lo oyese.

Ella sonrió, desdeñosa. El satélite volteó la cabeza con pereza. Ella disfrutaba con llamar la atención y que la mirasen como si la tocaran. Escopofilia pura. El deseo del objeto o al revés. Aquél era un inofensivo perrito faldero, a punto de ladrar de engreimiento. Los dos se dirigieron a una mesita del fondo. Ella procedió a rascarle la oreja. El chihuahua entornó los ojos. Marcelo no alcanzó a decirle ni siquiera quihubo, Clementina. Y, en el mismo sitio donde había estado la dicha cívica se instaló una angustia ardiente, que le duraría algún tiempo. Ya es momento de que lo diga: la indiferencia de esa mujer se le había ido metiendo debajo de la piel, como una astilla que le aguijaba en las madrugadas, cuando abría los ojos y sin saber por qué pensaba en ella. Melania Mazzuco dice que el destino es lo que todavía no te ha sucedido. Si eso es cierto, en ese instante de su vida, Marcelo Chiriboga aguardaba a que el destino le sucediera en las folclóricas sandalias de Clementina Riofrío. De modo que, unos meses más tarde, cuando José María Arguedas fue recibido como un ícono ruso por la izquierda quiteña, popes incluidos, todos asombrados por *Los ríos profundos*, se propuso incomodarla con el releje de sus pupilas. *Los ojos poseen algo que resbala del alma y cae al alma*. La mujer no tardó en acercarse con la irritación de sentirse estragada sin su consentimiento.

—No me gusta que me mires así, agronomito.

—No me digas así. Soy…

—Te digo lo que eres.

—Te miro como lo que eres, una gran puta.

Clementina intentó propinarle una bofetada, pero él atrapó la mano en el aire y la sostuvo con fuerza. Sin embargo, no pudo evitar que una rodilla lo golpeara en los genitales.

—Agronomito de mierda.

—¡Hija de puta!

Nadie se percató del incidente, porque en ese momento el escritor peruano contaba cómo había aprendido el quechua en San Juan de Lucanas y en Viseca, siendo muchacho, mientras el indio don Felipe le acariciaba la cabeza como a un becerro sin madre —soy un peruano que, orgullosamente, como un demonio feliz habla en cristiano y en indio, en español y en quechua— y explicaba que los indígenas no pueden ser comprendidos como campesinos o convertidos en eso, señoras y señores, compañeros todos, porque había algo más, escondido en el silencio milenario de los Andes y en la memoria indescifrable de esas gentes que asomaba a sus ojos, pero ninguno lo podía entender plenamente, ni siquiera el talentoso secretario general del partido, de inteligencia tan desproporcionada como su cabeza —un arcón cuadrado sobre los hombros, conteniendo una mente cartesiana y dialéctica—, debido a que la experiencia soviética indicaba que en Ecuador debía precipitarse la revolución democrático burguesa, disparada por una reforma agraria campesina que crease las condiciones de una alianza del proletariado con la burguesía nacional. Sólo entonces, aparecería el Kerensky criollo y, entre tanto, no había que apresurarse pero sí permanecer atentos y educar a los obreros, a los estudiantes y a los campesinos: si en el campo ecuatoriano se vivía un régimen feudal, únicamente se podía llegar al socialismo quemando las etapas previstas por el materialismo histórico. El camarada secretario general admitió en voz alta que el demonio feliz podría ser un gran escritor y no un camarada marxista leninista a carta cabal, lo cual explicaba por qué a él le seguía pareciendo superior *Huasipungo*, de Jorge Icaza, que, con Ciro Alegría, eran los grandes intérpretes del universo aborigen, ya que, ellos sí, habían logrado tender el puente entre la cultura indígena y la occidental, lo cual constituía, sin duda, un salto cualitativo en la senda del progreso de los pueblos americanos. E hizo una seña de disconformidad en el momento en que Arguedas optó por argumentar que la novela, el cuento y la poesía han mostrado un indio sustancialmente distinto del verdadero, más imaginado que el real a pesar del realismo con que lo ha visto la literatura de los últimos años, una mueca de comisario político que le movió el bigote para ratificar, y que no quedasen dudas, que estaban ante un gran escritor del pueblo, de la Patria Grande, cómo negarlo, pero al que le faltaba alcanzar la razón que proveía el socialismo científico. Un buen escritor pero un mal político.

Clementina, que se había alejado sañuda de un encogido Chiriboga, regresó adonde él con una sonrisa culpable y un vaso de agua. Él lo aceptó con un leve rechinar de dientes.

—Ya, discúlpame…

—… Marcelo.

—Soy Clementina.

—Ya lo sabía.

—¿Qué quieres de mí?

—Sé lo que no quiero de vos.

Esa respuesta habría de percutir en la cabeza de Clementina, seis horas y cuarenta y siete minutos más tarde, cuando ella fumaba de pie ante una ventana del hotelito que miraba a la colonial plaza de Santo Domingo: desnuda y con una cobija en los hombros, veía con indiferencia la prisa de las beatas dirigiéndose a la iglesia, las prostitutas que aguardaban por un cliente rezagado, compartiendo una taza de caldo arracimadas cerca de un brasero (*putas mojadas por el rocío y por el semen*, diría un triste Guillermo Cabrera Infante), los capariches que barrían las calzadas con escoberas (¡qué palabra tan sonora, la de Marcelo, para nombrar a los barrenderos!), los albañiles con las manos en los bolsillos y el sueño en los sombreros, el arco de luz que se desmenuzaba en los cristales con sucesivas irisaciones. Él, recostado contra el respaldar de la cama, tenía ante sí la silueta de la mujer, dibujada por la luz del amanecer. Imaginó que estaba ante un fotograma en blanco y negro, alterado levemente por el movimiento de los caracoles de humo. Todo había ocurrido como si hubiesen protagonizado la versión quiteña de *Un homme et une femme*, pero él pensaba que Clementina era mucho más hermosa que Anouk Aimée y, ella, que el hombre con el que había fornicado, hacía pocas horas, jamás podría llegar a compararse con el perceptivo viudo de la película francesa, de la que hablaron impacientes en una taberna —ya se denominaba bar a lo que nunca se llamó ambigú— tras dejar la reunión donde se ensalzaba a la gran la literatura indigenista (en aquella noche era imposible imaginar que el boom la convertiría en la gran utopía arcaica). El agronomito lo había hecho bien, con mucho instinto y empeño. Al ver el efecto causado en él, la mujer sentía espesada su vanidad depredadora y, no obstante, de pronto, un *ruido* la arrancó del letargo post mórtem.

—¿Qué es lo que no quieres de mí? —preguntó, tras exhalar un chorro de aire.

Incómoda —la palabra exacta es escocida, pero no es usual—, continuó dándole la espalda, abducida por la luz del exterior, como si le interesaran los ruidos gástricos que hacía la plaza al tomar vida.

—No quiero ser tu perro faldero, como los que jalas con esa soga invisible.

—Eso es lo que no quieres de ti. La pregunta es otra, Marcelo.

Se cristalizó una elipsis fugaz.

—Anoche, he visto en tus ojos el vértigo de imaginarte amada, pero amada con hambre canina, al borde mismo del odio. Tú me dirás que no, pero te dio miedo ver en mi cara un vaticinio que acababa de cumplirse. Pero, hasta ese momento, estabas tan halagada o tan pagada de ti misma, que te habías olvidado de tener miedo. Luego, cambiaste. Sería el anticlímax, digo yo. Pero no creas que voy a ser tu amante, ni que pretendo que lo pasó en esta cama me conceda privilegios o prerrogativas sobre vos, sólo aspiro a ser tu testigo. Tú no necesitas un amante. Eso lo sabes muy bien o estás a punto de saberlo. Necesitas un notario deponente para ser feliz. Quiero que no esperes más de mí. Quiero tomar apuntes entre tus piernas, hasta morirme. No quiero más de vos, porque eres tan arrecha que no me pareces real. En este momento dudo si estoy hablando con una mujer de carne y hueso o si únicamente estoy soñando que hablo con vos, después de haber culeado como lo hemos hecho.

Marcelo repetía las palabras de algún libro, pero no recordaba de cuál. Entonces, dedujo que inconscientemente pudo haber mezclado frases de varias lecturas, haciendo una trenza. Tal vez, instintivamente, pretendía hacer con las palabras un nudo corredizo en el escote de la Swanson. Ella se dirigió al cuarto de baño. Se oyó el chasquido del pitillo al caer en el inodoro. Luego, el agua de la mujer. La descarga del váter. Tras un breve silencio, la del lavamanos. Una pausa más.

Volvió a la habitación. Un miasma alcanforado se había suspendido en el aire. Se vistió con pausa. En verdad, es tan bella que parece una pintura, pensó Marcelo, con impaciencia sanguínea, poniendo los cinco sentidos en cómo se ceñía el ajustador. Es el feto de un dinosaurio, se dijo Clementina, mirándolo con el brazo doblado a la espalda, a modo de cabezal. Se acomodó el cabello. Cuando ponía la mano en la manija de la puerta, se detuvo por un instante y volteó la cabeza con las narices hinchadas.

—Ni siquiera eres original —le espetó. Y se fue.

El dinosaurio saltó de la cama. El piso estaba frío, por lo que coligió que no habitaba en un sueño ni en el cuento más corto que alguien, como el menudo Augusto Monterroso, pudo escribir alguna vez, ese que, dicen, es uno de los minirrelatos más estudiados, citados, glosados y parodiados, a pesar de tener exactamente siete palabras. Nada de que, cuando despertó, el dinosaurio todavía estaba allí. A cambio, otras siete: frío en las plantas de los pies. Se acercó a la ventana y alcanzó a ver un brazo y una pierna de la pintura que se esfumaba en un peristilo de piedra. Y no la volvió a ver sino después de que transcurrieron dos años y más, cuando la mujer regresó de la flamante universidad Patricio Lumumba. Su padre le había conseguido una beca para que estudiase Medicina en Moscú —Chiriboga me habló de palanqueo y yo demoré en entender esa palabra—, pero, una vez allí, ella se había decidido únicamente por el estudio intensivo de la anatomía con un correoso súper hombre, con el que acostumbraba a viajar a Leningrado y a una dacha en las cercanías de Nizhni Nóvgorod, que alquilaban ocultamente a una pareja de héroes de la guerra patria, porque la ciudad estaba cerrada al turismo. Se llamaba Jonás Lulunku. Era hijo de una familia acomodada de Luanda. Marcelo creía recordar que, alguna vez, Clementina había dicho que el aire parecía de papel cuando aquel hombre reía. De modo que, imposibilitadas de hacer la vista gorda por más tiempo, tratándose de la hija de un importante camarada ecuatoriano, las autoridades universitarias le entregaron un diploma que certificaba el conocimiento básico del ruso y la enviaron de vuelta. Då svidaniya.

LA IMPENSADA DESAPARICIÓN DE CLEMENTINA no estaba entre las situaciones pronosticadas por Marcelo, anotadas en una libreta espiral como lo haría un previsivo estratega en un cuaderno de guerra. Ella lo había dejado con la palabra en la boca y con los pies fríos. Literalmente, en pelotas. Dislocado, con las bigoteras al revés, se le dio por vagabundear en compañía del incondicional locutor de la Cosmopolita, con la intención de extirparse la garrapata del desconcierto que se le había quedado clavada en la garganta. Lo hacían tras cada libación literaria o política —y del imperioso ¡dale al rosca!— de donde se dirigían a alguna fiesta de *arroz quebrado* (el gráfico ecuatorianismo para festejo de medio pelo), en busca de *chullas* —jovencitas pobres pero agraciadas, a las que la mitología quiteña de esos años tenía por mujeres fáciles— y, si no les iba bien, invariablemente terminaban en el Mirador, una casa de trato donde las putas caleñas se quedaban con buena parte de la pasta que salía cada mes de Riobamba para el estudiante de agronomía; del burdel salían a las tantas. Mientras estudiaba sin más afán que el indispensable para obtener buenas notas, instigado por su compañero de juergas, Marcelo adquirió una Olivetti Lettera 22 que pagaba en cuotas mensuales, una resma de papel periódico y el indispensable papel carbón, y empezó a escribir las primeras cuartillas de una serie de cuentos que no se publicarían jamás. Una noche en que regresó de la universidad, encontró forzada la puerta de su habitación. Habían desaparecido dos pares de zapatos, el reloj de campanilla, la máquina de escribir y los folios escritos que iba guardando en el estuche de cremallera junto con el aparato. Sólo había pagado tres de las doce letras. El ladrón había dejado una descarga intestinal en el centro del cuarto, que él, inmóvil, observó por largo tiempo. Luego de aquello, intentó retomar los cuentos escribiéndolos a mano, pero ya no pudo hacerlo. Le resultaba insufrible. En él no ocurría como en otros escritores que, en vez de dedos, poseen ultrasensibles extremos terminales de impulsos nerviosos del cerebro o chips sofisticados, que sienten la respiración de las palabras, razón por la cual la escritura manual que emprenden presuntamente tiene mayor estilo y es más destilada y, aun cuando la máquina es expeditiva, afirman que la velocidad torna la escritura más pobre y más desabrida. Lo afirman sin temor de que se les note la pedantería y el pueril afán de tener algo raro en su personalidad. Ésa es la ciencia de magos por la que literalmente escriben un manuscrito lento en cuadernos Moleskine —las legendarias libretas de Hemingway, Picasso y Chatwin— y después lo transcriben, o mandan a transcribir, recurriendo a un prosaico medio mecánico. En el fondo, hay en ellos un atavismo, el temor al utensilio y a la tecnología, como si el ingenio y la inventiva fuesen cosas del demonio: en el comienzo de la industrialización, los obreros destruían las máquinas por considerarlas la razón de sus penurias, incapaces de entender que la causa de la explotación no estaba ciertamente en los hierros y en los piñones. Y, sin embargo, el lápiz, el bolígrafo o la estilográfica implican mucha tecnología, si lo ponemos en perspectiva histórica, aunque, por cierto, una tecnología más rudimentaria, ya sin misterio alguno: *confianza en el anteojo, no en el ojo; en la escalera, nunca en el peldaño; en el ala, no en el ave…* De modo que entre tanto cancelaba los pagarés pendientes, ofrecía más tiempo a la lectura. Solía visitar en el centro de la ciudad la librería de un viejo judío giboso, de gruesos lentes y un infaltable cigarrillo en la boca, que llenaba de humo la tienda. Una tarde, en que hojeaba el libro más reciente de Miguel Ángel Asturias, editado por Losada, alzó a ver y se encontró con que lo miraban fijamente los ojos de Clementina. El contacto visual duró un tictac, porque algo le dijo su acompañante, que estaba de espaldas a Chiriboga. En ese instante, dejó de importarle la mulata sin nombre de esa novela, que no era hombre y tampoco mujer, pues para hombre le faltaba tantito tantote y para mujer le sobraba tantote tantito. Así que se movió rapidito rapidote y la saludó sonriendo, tropezándose con las palabras. Debo pensar que su cara tenía una expresión chaplinesca, Charlot enamorado de la florista ciega en *Luces de la ciudad*, porque a ella le pilló una risa nerviosa que aplacó con esfuerzo, fingiendo un ataque de tos que Humberto, el acompañante, claro, ayudó a mitigar con golpecitos en la espalda. Entonces lo abrazó diciéndole kak dela vozl'ublennyj como si le dijese un secreto, luego de lo cual se separó para que los hombres se saludaran. Humberto estrechó la mano de Marcelo con fuerza desacostumbrada. Se reconocieron como habitués de los eventos que organizaba la Casa de la Cultura y dijeron haberse visto en el cafetín de la Plaza, adonde acordaron dirigirse tras dejar la librería del viejo Carlos Liebermann —ése era el nombre del librero; la librería estaba situada a cinco cuadras de la cafetería; el lugar se llamaba Café 77; el propietario era un mecánico dental sin preocupaciones literarias ni políticas; para llegar hasta allí había que cruzar la Plaza Grande; en la plaza estaba el Palacio Nacional; en él gobernaba un presidente al que llamaban Jumo; el lugar lucía resguardado por más soldados que de costumbre; a los transeúntes ya nada les llamaba la atención.

Chiriboga había votado por segunda vez y el presidente elegido había sido derrocado por el vicepresidente, el Jumo, precisamente, quien ignoraba que se había convertido en el iniciador de una tradición por

la cual los vicepresidentes de Ecuador son conspirado-
res a sueldo. En esos días, en el Congreso se había planteado la descalificación del Jumo, acusándolo de
atentar contra la dignidad nacional. ¿La coartada? Al
recibir al presidente de Chile, con fama de invertido, el
ecuatoriano había expuesto su afecto homofóbico
sobando el culo del chileno, mientras le susurraba
alguna vileza perfumada con el whisky que bebía
desde el desayuno. En el momento en que salieron a la
calle, Marcelo pudo ver, como una impalpable boa
constrictor, el humo del cigarrillo envolviendo la
cabeza de un desgarbado asistente, de casi dos metros
de estatura, que el librero había empleado hacía poco
y se presentaba como Enrique, españolizando su
nombre berlinés. Decía que esa extraña imagen le había
hecho pensar en una frase alemana de tres palabras —
Arbeit macht Frei — que se leía en la puerta de
Auschwitz, pero no podía explicar el porqué. Yo creo
que era por miedo, aquel que habían trasvasado las
espantosas historias descritas por el doctor Kesselman,
oídas por Chiriboga cuando el médico se sentaba a
tomar una copa con su padre. Y lo afirmo porque
cuando en mí renacía el miedo de que me violaran los
rojos, para vengarse de la derrota y humillarme por ser
como siempre he sido, se hospedaban en mi lengua tres
vocablos latinos de la liturgia de nuestra misa: Ducem
nostrum Franciscum, con las que rogábamos por el
Caudillo, la espada más limpia de Europa, además de
pedir por el Papa y por los obispos. Entonces, para

fortalecerme, yo me repetía cerrando los ojos: La Virgen del Pilar dice que no quiere ser marxista, sino siempre capitana de la tropa falangista, Ducem nostrum Franciscum, Ducem nostrum Franciscum, Ducem nostrum Franciscum. Pidieron café con leche y cruasanes. Chiriboga vio que Humberto no comía de la mano de Clementina y parecía mayor de lo que era en realidad. Serio. De voz grave. Fumador. A ratos, un coñazo. Hacía unos meses había regresado de París, en donde había aprobado varios cursos de Filosofía. Hablaba de literatura y de política como si confiara un sufrimiento íntimo. Entonces, Marcelo experimentó algo parecido a una doble revelación. Algo había ocurrido en la Unión Soviética con la vanidosa Gloria Swanson del poncho y las chancletas: se presentaba desprovista de esa pesada arrogancia de antes y ya no miraba a través de él. Decía que sintió que Humberto contribuía a ese cambio, aun cuando acababa de conocerlo. Sus maneras le avisaban que no eran amantes, a menos que lo supieran disimular muy bien; eran más bien dos observadores, dos colegas, dos condiscípulos sin emociones a quienes alucinaba lo que les mostraba la realidad, mejor dicho, lo que los libros que leían les hacían ver de la realidad y los hechos que habían ocurrido en Cuba y en Argelia, y anhelaban que ocurriesen en Ecuador. Marcelo sintió que, ahora, ella lo atendía con un interés no fingido, no porque lo hubiese extrañado sino por fisgoneo, es decir, por una razón intelectual más que por una incitación emocional, pero podía tratarse de un desatino, debido a las circunstancias del momento. Y Humberto lo deslumbró conversándole de Sartre. Le habló de que era el único intelectual francés que apoyaba la lucha de liberación argelina y cómo había acusado a Camus —nada más ni nada menos que al flamante Premio Nobel, autor de *El extranjero*— de ser un argelino que estaba con el colonialismo de Francia, mientras él era un parisino que apoyaba la lucha de liberación del país africano. Humberto explicaba lo asombroso de la aproximación teórica del genio francés al marxismo y de su abierta definición política anticolonialista, y recordaba, como un catecismo, los reproches sartreanos al oportunismo de los escritores y la necesidad histórica de unir la acción a la escritura, de emprender con la guerra de guerrillas en la cultura. Clementina mencionó que en las disputas entre los dos escritores tuvo mucho que ver Simone de Beauvoir, la mujer de Sartre, porque se decía que Camus no había respondido a sus insinuaciones amorosas, y ella no admitía un no y, por cierto, ya era célebre por su androfagia y por la relación abierta, de mutua insubordinación, escandalosa en esa época, que había acordado con su compañero sentimental. A Chiriboga le pareció un comentario sazonado de sentido común, o salido de un conocimiento maduro de la naturaleza femenina, y especuló que Clementina debía estar repasando las ideas en torno a su propia intimidad. Le llamó la atención que usara la palabra *androfagia* para no decir que la Beauvoir era una voraz comehombres —habría sonado vulgar si lo hubiera dicho así, y ella no era una zafia —, con el asentimiento de Sartre, que también se permitía aventuras amorosas consentidas por su mujer. Humberto hizo un visaje de desagrado, aunque no la refutó. Troceaba un cruasán y se lo llevaba a la boca cuando Clementina mencionó que la Beauvoir la obligaba a enfrentarse con su moral y a replantearse la vida y la ética reaccionaria inoculada por su familia y, como si hiciera un anuncio, añadió que ya había decidido no tener hijos. Hizo una breve pausa para enterarse de la reacción de los hombres. Marcelo estaba en Babia y Humberto parecía impaciente. Hay que cambiar el concepto de lo que llamamos familia, prosiguió, ya no me trago eso de que es el núcleo fundamental de la sociedad, cuando lo sustancial es el trabajo del obrero y del campesino. También mencionó que estaba de acuerdo en cómo Beauvoir y Sartre hacían papilla el concepto burgués de fidelidad. En el fondo es el de propiedad privada, explicó, como si por el matrimonio la mujer pasara a pertenecer al hombre, igual que las máquinas y la plusvalía son posesiones del burgués industrial, y los animales y los indios son patrimonio de los gamonales. Alzó la taza hacia sus labios, lo que aprovechó Humberto para decir que estaba de acuerdo con ella y volver a su soflama de cafetín: No te olvides, dijo, dirigiéndose a Clementina, que Simone de Beauvoir reveló que había aceptado como amante a Sartre porque era el único hombre que la había hecho sentir intelectualmente dominada. O sea que la genio ésa se enamoró con la cabeza y no con las tripas, intervino Chiriboga. Clementina lo miró como si observara a un niño. Él, a ella, como si se hallase descaminado en el sexo dilatado de Leonor Pond's: *debajo de ti y yo, tú y yo, sinceramente, tu candado ahogándose de llaves, yo ascendiendo y sudando y haciendo lo infinito entre tus muslos.* Humberto ignoró el comentario y continuó diciendo que aun cuando la confesión de Simone de Beauvoir revelaba que incluso en la más perfecta de las relaciones había algo de indignidad, o de inmundicia, lo importante en ellos era el pensamiento crítico del capitalismo, y además, o más que eso y más allá de ellos, sólo contaba lo que estaba pasando en América Latina con el ejemplo de Cuba, en la cultura europea con el neorrealismo italiano y el existencialismo francés, en el mundo con la guerra que van a perder los gringos en Vietnam, en el catolicismo con el Concilio Vaticano II, convocado por el papa Juan XXIII, por lo que no era posible mantenerse al margen de los conflicto políticos y sociales. Les recomiendo que lean *La náusea*, y si ya la leyeron, vuelvan a hacerlo, aconsejó. De repente, se remangó la camisa y mostró una marca oscura en el antebrazo izquierdo. Me aplasté un cigarrillo encendido, dijo, para sentir la existencia, igual que el personaje de ese libro, o sea que el Castor me ha marcado, literalmente; es que, compañeros, en mi caso, hay un antes y un después de Sartre. Entonces, hizo como que recordaba algo importante, tocándose la frente. Anunció que debía dejarlos y, como si únicamente le interesara decírselo a Chiriboga, contó que estaba escribiendo una tesis sobre la cultura ecuatoriana, con énfasis en la literatura. ¿Se imaginan lo que se siente al desprender la carne de los huesos?, preguntó, de manera retórica. Se puso de pie y se marchó, a tiro hecho, acomodándose la manga mientras dejaba el lugar. El que Humberto hiciera mutis fue un lenitivo para Marcelo, aunque ese encuentro con él le había abierto un apetito que desconocía. Sin tomar aliento le confesó a Clementina que no había dejado de pensar en ella y que la encontraba mejor que nunca, más profunda y deseable, pero no usó la palabra hermosa, tampoco guapa. Incluso, añadió, estaba seguro de que estaba enamorado de ella, pero que no iba a debatir sobre el amor aun cuando se lo exigiera. Dijo que había escrito muchas cartas que no supo a dónde enviárselas. Que anduvo buscándola en todas las mujeres que había visto o que había tocado. Que, muchas veces, le dolió la sangre. Que estaba sediento de tanto estar solo. Que no existía otra como ella. Hablaba como si lo que declaraba fuese un alegato largamente meditado, corregido y vuelto de pensar antes de sacarlo de adentro, lo que a la mujer no dejaba de parecerle gracioso, pero más que eso, genuino. En ese instante, lució axiomático aquello de que la palabra es mitad de quien la dice y mitad de quien la escucha. Si es así, vente a vivir conmigo, le respondió Clementina. Y, añadió: Pero no te prometo nada.

En la noche, Marcelo Chiriboga le anunció a Sérvulo Sánchez Quintanilla que había vuelto a nacer.

—Me voy a vivir con Clementina Riofrío, ¿lo puedes creer?

—¿Cómo? ¿Está en Quito?

—La encontré en la librería del viejo Liebermann. Le solté los perros. Me espera mañana en su casa, con todos mis tereques. ¡Estoy enamorado, Servulito! ¡Y creo que ella siente lo mismo por mí!

—¡Esto se merece un trago, maestro!

Bebieron hasta la medianoche. Luego, ya solo, Marcelo tomó un cuaderno espiral y se puso a trazar con palabras, rayas, vectores y corchetes el esquema de una historia que necesitaba escribir. Usó dos bolígrafos, de rojo y azul. Rompió varias hojas hasta que creyó que había construido el esqueleto de una nouvelle. Era la historia de un ecuatoriano que decide ir a Cuba. Viaja por tierra, con el propósito de empaparse de la realidad hispanoamericana y embarcarse en Panamá hacia a la isla y, una vez allí, trabajar sin descanso por la revolución de Fidel y el Che, y por descubrir el hombre nuevo que siente dilatarse en su interior, igual que el alacrán en la ecdisis. Pero, en las costas de Kuna Yala, el revolucionario muere asesinado por un matrero que se aficiona de su Omega Tresor y de su magnífico par de botas. En la primera página escribió: *Polvo de levadura*. Con ese título se publicaría en México, algunos años más tarde. En la madrugada, Chiriboga soñó que estaba asomado en la ventanilla de un vagón de tren. Una mujer lozana y un niño lo miraban desde el apeadero de la estación. Ella tenía un ramo de flores amarillas en la mano izquierda y, en la otra, la zurda del pequeño. La mujer era su madre, pero por alguna razón no lo reconocía. El niño debía ser él, aunque no se le parecía en nada y, de algún modo, él sentía que ese niño lo odiaba. De repente, el crío se abrazó de la mujer y subió las manos por las piernas, levantando la falda y exponiendo las medias de nailon, los broches del portaligas y el triángulo blanco de su prenda interior. Ella intentaba cubrirse, pero no lo conseguía o quizá no realizaba todo el esfuerzo para lograrlo. Entonces, en todas las ventanillas aparecieron hombres embrutecidos por el deseo, que incitaban al pequeño con un griterío de indecencias. El chico tiró de las bragas hacia un lado y metió allí su cabeza, clavando una lengua de dragón de Komodo en la mata de pelos, buscando la cloaca y la asfixia. Su madre separó las piernas, adquirió una expresión de dicha cerrando los ojos, la Gioconda sonriéndole a Leonardo, antes, no después, y él comprendió que se consumaba una venganza, pero no podía encontrar la razón porque tenía el falo endurecido y hacer con él lo que debía hacer era lo único que debía importarle. El tren se puso en marcha sin que se oyera el inconfundible resonar de la ruedas sobre los rieles y a su lado apareció Leonor Pond's, ya convertida en una mujer grande que le abrió la bragueta diciéndole porquerías al oído, se puso de rodillas, tomó lo que encontró allí y se lo metió en la boca. Ella lo miraba alzando la vista mientras le succionaba el bálano enrojecido. Ahora, era él quien ponía la cara de Giocondo. El ferrocarril entró en un túnel eterno y Chiriboga constató que él era el único pasajero a bordo. El deleite se transformó en miedo. Al fin, cuando terminó la oscuridad, Chiriboga sintió el alivio de escapar del tragadero de un cenagal que tenía vida propia, o de una entidad monstruosa que intentaba digerirlo. Tenía el pulso acelerado o una taquicardia y la yugular le latía con fuerza. Vio a Clementina desnuda, tendida en un asiento, lívida pero sonriendo por alguna incomprensible razón que la hacía sentir feliz, como si los dos compartieran un secreto retorcido, maligno, pero placentero. El sexo, ensangrentado. Su sangre anegando el coche. Todos los vagones, desbordados. El rastro purpúreo en la vía férrea, tras el paso del convoy. Al lado de Clementina, Humberto, como un espectro, y el doctor Kesselman, con su impecable bata de médico, que lo señalaba con odio, mostrándole encarnadas rosas de gasas y algodones y, aunque él no lo podía escuchar debido a un efecto similar al de una película de cine mudo, entendió que el judío le gritaba: Mörder! Mörder!

—EN ESTA CASA YA no cabemos los dos. Será mejor que te vayas a París. E vaffanculo!

Regina Monteprieto estaba sentada ante el peinador en bata de seda —un hosco dragón Ying Lung amenazaba en la espalda— pasándose el cepillo por su larga cabellera, que tinturaba para disimular las canas. Hablaba con su imagen, con la misma calma con que dictaba cátedra en la Universidad Autónoma de México. La escuchaba Marcelo Chiriboga, que no se reflejaba en el espejo ni estaba en el ángulo de visión de la mujer en el cristal. En un extremo de la gran alcoba, él supo que no tenía más que resignarse. Lo que había de ser va siendo, pensó. En verdad, hacía semanas que esperaba que Regina le dijera lo que le dijo, de aquel o de cualquier otro modo. La casona de Coyoacán se había ido encogiendo desde que se lió a golpes con el tal Vargas Pardo, la noche en que lo conocí y Regina atrancó rasgando una guitarra para los quedados. Mucho después supe por Chiriboga que, cuando quedaron solos, ella le puso un ultimátum para que dejara de ser un gamberro y la mereciera como era debido, o como ella esperaba, pero, como aún caminaban por la meseta rosa de su amorío, el disgusto se deshizo bajo las sábanas, porque, sólo con él, desapacible rufián, Regina agonizaba de placer sintiendo una micción involuntaria, que salía a chorros. Ella había nacido en Belmopán, la que, dicen, es la capital más pequeña del mundo, en una fresca vivienda de dos plantas cerca de la carretera Hummingbird. De muchacha, acostumbraba a tenderse en una hamaca en la galería alta de aquella casa, pintada de amarillo y fucsia, invadida de plantas de sombra y flores desfallecientes. Leía con avidez novelas en español o en italiano. Miraba las colinas de Mountain Pine Ridge cosidas al horizonte con colores impensables, seguía el vuelo errático de los insectos o permanecía abstraída, como cuando hipnotiza el fuego y, a veces, le ocurría que se desdoblaba y se veía serena y pacífica, igual que una santa en trance, embriagada por el olor meloso del céfiro. Aquella casa aguantaba en pie en su memoria, pues se la llevó el huracán de 1961, con sus padres adentro. Hija única, vivió allí hasta los dieciocho años —en que partió a la Universidad de Turín a estudiar Letras— con sus progenitores, un italiano emprendedor que había hecho fortuna explotando palisandro que enviaba a la Manufactura Alberino de muebles finos, en Capri, y a La Habana, a la Real Fábrica Flor de

Tabacos de la calle Industria 520, donde hacían humidores para los cigarros Partagás, y una beliceña descendiente de un baymen que había dejado la piratería a regañadientes, luego del Tratado de Madrid. Con la muerte de sus padres se convirtió en una treintañera adinerada: recibió por herencia una pequeña fortuna con la que compró la casona en Coyoacán e invirtió con intuición rentista para disponer de holgados dividendos que le consignaba cada seis meses Roger Kernel, su agente de Morgan Stanley. En Italia, se había doctorado en Filosofía y Letras con un estudio que tituló *El síndrome de Edipo en Luigi Pirandello*. Después, especializada en semiótica y lingüística, durante cuatro años fue profesora en la Universidad de Florencia, antes de sumarse al cuerpo de docentes de la UNAM, adonde llegó desde Nueva York, luego de un periplo en el que sepultó a sus padres en Belice y redimió su patrimonio en Wall Street. Era la única profesora de esa universidad titulada en Patafísica, la ciencia dedicada al estudio de las soluciones imaginarias y las leyes que regulan los problemas que no existen. Sus estudiantes mexicanos la llamaban La Montegrande por sus clases magistrales en las que, prodigando un cáustico humor y gran conocimiento, exponía una aguzada crítica del pensamiento occidental y proponía la lectura de Michel Foucault y Jacques Lacan, autores que llevaban forzosamente a una revisión freudiana del estructuralismo y a sugestivas vías para profundizar en el análisis literario. Sus alumnos publicaron un libro en su nombre, que se haría imprescindible: *Estudio de los signos en la cultura moderna*, a partir de los apuntes tomados en sus clases. El mundillo intelectual del D. F. no tardó en notarla y cercarla y, en poco tiempo, artículos firmados por ella ya se publicaban en *Laberinto* y en *Excélsior*, con sus comentarios de arte y literatura. En sus convites no faltaban las figuras de la política y la cultura, que ponían en las estrellas la mesa de la Monteprieto, aun cuando rara vez variaba el exuberante menú que ofrecía: carnes blancas y negras, codornices rellenas de foie gras y langostas bañadas en salsa rosa con alfóncigo, cuando no langostinos flambeados con leche de coco, pescaditos de Pátzcuaro, exquisitos postres, chocolates amargos de Lindt & Sprüngli y licores finos. Puesto que los mexicanos habían solicitado sin éxito a la Unesco que la gastronomía de su país fuese declarada patrimonio de la humanidad, la lisonjeaban si, en medio de la abundancia, encontraban los tres colores de la bandera nacional en los célebres chiles en nogada o se sorprendían con la cochinita pibil, que se cocía, envuelta en hojas de plátano, en el horno de tierra de la casa. Entre menos burros, más olotes, decían, afanosos, al repetir los platillos. Atendían cinco sirvientes que vivían en la casa de servicio, junto a la casona. Eran dos parejas salvadoreñas de su confianza, más la hija de una de ellas, que habían desistido de continuar con la trashumancia al sueño americano, más allá de la frontera, porque con la señora de la casa estaban mejor que en cualquier otra parte. Regina vivía sola y, ocasionalmente, recibía visitantes discretos, no siempre elegantes ni buenmozos, porque no la seducían las evidencias sino lo que los hombres ocultaban: la atraían aquellos que caminaban al borde del abismo o que estaban cayendo en él y, sin embargo, podían reírse de sí y se complacían al reír con ella. *Tengo pues derecho a estar verde y contento y peligroso.* En una ocasión, invitó al embajador Carrión, de Ecuador, quien había recibido el Premio Benito Juárez por razones políticas y diplomáticas, como siempre ocurre en esos premios, pero, en especial, porque, según hizo notar con lirismo Gómez de la Serna, Carrión llevaba siempre cara de alegría censurada y había en toda su figura una cosa de lápiz vivo, de punta muy afilada, de mina muy negra y blanda, que iba tomando apuntes en los cuadernos interiores, pero en su épico pequeño país, de repente, se lo consideraba un traidor que había sacrificado la autonomía de la Casa de la Cultura luego de gestionar el voto peruano para que un ex presidente —el Choloboy, justamente, ya que, se sabe, el mundo entra en un dedal— fuese elegido secretario general de la Organización de Estados Americanos. En esa época, hacía varios años ya que se había cantado en Cuba aquello de que con OEA o sin OEA ganaremos la pelea. Sus críticos decían que la embajada en México no era más que un premio a su entreguismo. Ya no valía nada que el Fondo de Cultura Económica hubiese publicado *El santo del patíbulo* precisamente cuando los jesuitas pretendían canonizar a un tirano del siglo diecinueve en Ecuador, tampoco que hubiese sido secretario general del Partido Socialista, y menos que el Vaticano hubiera incluido en el *Index* su *San Miguel de Unamuno*. No sólo que ya no se lo consideraba compañero de ruta sino que en ese país la revolución en eterna gestación de los años sesenta consistía, precisamente, en *asesinar* a quienes habían realizado aportes significativos a la cultura y en rechazar cualquier herencia cultural, preferir la orfandad, abandonarse a la propia suerte, considerarse no mucho más que las estelas refulgentes de un naufragio histórico.

El embajador llegó a la recepción de Regina Monteprieto con su esposa y con un asistente de larga cabellera: Marcelo Chiriboga miraba como si estuviese a punto de que le ocurriera algo, quizá un ataque convulsivo. Ya, en ese tiempo, el comanche era un individuo avispado, de buena conversación, al que el embajador repetidamente preguntaba: ¿no lo crees, Marcelo?, o ¿y tú, qué opinas? Y él participaba con una media sonrisa, hablando como si el pentotal sódico le recorriera las venas, hasta que se encendía y vertía opiniones inteligentes y comentarios algo pesados que, sin embargo, arrancaban algunas risotadas. Regina no había notado que él asistía a su curso de la universidad como un oyente invisible, tomaba apuntes con interés y leía los libros recomendados por la maestra. Pienso que intuía que el empleo en la embajada podía acabar de un momento a otro y había visto la oportunidad de trabajar con jóvenes escritores en talleres de literatura. Ya se rumoreaba que Carrión iba a ser llamado de vuelta a su país. En su pragmatismo, Marcelo pudo calcular, con acierto, que el conocimiento que podía absorber de Regina le iba a ser de mucha utilidad. En esos días, escribía *La caja sin secreto*. Y ya había bosquejado la nouvelle *Huesos de vidrio*. Cuando ésta se publicó —él ya vivía en París— muchos advirtieron con asombro cómo Chiriboga había acertado al exponer con profundidad literaria el conflicto entre la búsqueda de identidad, el drama existencial que esa exploración conlleva y las prácticas absurdas del Partido Comunista de su país; no obstante, esos muchos prefirieron callar, por temor a que los tacharan de reaccionarios o retrógrados.

Pero, como dicen que dijo Jack el Destripador, vamos por partes.

CON UNA MALETA DE ROPA, otra de libros y el corazón en el gollete, Chiriboga había llegado al piso de
Clementina Riofrío, en la calle Calama 157, en un barrio
quiteño con residencias de dos plantas construidas
por la Caja de Pensiones y pagadas en penosas cuotas
mensuales durante toda la vida. Ella lo recibió como
a un amante que volvía de un largo viaje y ese día y el
siguiente lo pasaron en la cama. La calle donde vivían
se había ido poblando de pequeños restaurantes caros
y uno que otro hotelito: los chalés modificaban la planta
baja, los jardines y los patios; de ordinario, el segundo
piso se mantenía como vivienda. El de Clementina
había sido un regalo de su padre, quien también le
obsequió la renta que producía el piso bajo, así que los
dos, gracias a sus familias, estaban exentos de trabajar
por un sueldo. Durante el día, la Calama seguía siendo
una calle apacible pero, en la noche, cobraba vida: al
apartamento llegaba la música de los restaurantes y

ellos salían a caminar aunque en pocas oportunidades recalaban en alguno de los bares, a menos que
se presentara una trágica cantante de boleros o que
alguno de aquellos lugares fuese atendido por yanquis
o europeos. Los ecuatorianos sentían una complacencia
inconsciente si los camareros ya no eran los infaltables
indios vestidos con sus trajes típicos, sino sonrientes
chefs de cuisine con delantales largos, rubios, de ojos
claros, que hablaban con acento alemán o descosían
alguna palabra en polaco o francés, de modo que el
secreto del éxito de aquellos negocios no estaba en
los platillos que ofrecían, sino en que eran acogedo-
ras instalaciones gastronómicas que producían en los
parroquianos la lúdica sensación de un desplazamiento
a Nueva York, Varsovia o Buenos Aires, por arte de
birlibirloque, que los convertía en personas privilegia-
das, eximidas de su complejo de vencidos. La prueba de
ello era que pagaban con alegría tantos sucres como los
que podían sufragar un salario básico por una cena de
caracoles de Borgoña, cochinillo a la segoviana y fruti-
llas con crema. En las noches de Clementina no faltaban
las reuniones de la célula cultural del partido, a las que
se sumó dócilmente Chiriboga. Si no, concurrían a las
presentaciones de libros en la Casa de la Cultura o al
cine club del Teatro Universitario. En la mañana, ella
se recluía en una de las habitaciones, adecuada como
taller de escultura y trabajaba con arcilla; Marcelo, en
la mesa del comedor, tecleaba una máquina de la marca
Erika con la que ella lo había recibido, diciéndole ahora,

cholito, ya no tienes pretexto para no hacer tu libro. Por las tardes, luego de la siesta, fumaban un porro y culeaban —como se dice en Iberoamérica—, se dejaban vencer por la vagancia o leían en la cama —joder, sé que debería decir Latinoamérica, que es lo políticamente correcto, pero, vamos, esto de ser catalana, esto de estar entre el seny y la rauxa, entre la ponderación y el capricho, me lo impide—. A veces, Clementina tomaba la guitarra y cantaba para él. Viéndola transfigurada en una Violeta Parra quiteña, quiero decir, fatalista, Marcelo intuía que la mujer echaba de menos algo o a alguien.

Una noche, fueron invitados al anfiteatro de un hospital público para participar en un happening. El lugar estaba lleno de estudiantes. En algún momento, se apagaron las luces y todo quedó en la oscuridad. Se oyeron cuatro gritos. Un potente reflector iluminó una mesa de necropsias: allí yacía un poeta *muerto*, en decúbito supino. De repente, el *cadáver* irguió el tronco y dio lectura a un manifiesto escrito en papel higiénico, con un texto que defendía los movimientos guerrilleros y llamaba a la insurgencia contra el formalismo literario y proponía abandonar el provincianismo. Luego, cuatro poetas leyeron sus poemas y repartieron la revista *Caparina*, que lanzaba sus flechas, pero no las más venenosas, contra el Gobierno —una junta militar mandaba en Ecuador, después de derrocar al presidente Jumo por medio de un golpe de Estado; entre otras cosas de menor cuantía, los militares habían echado al creador de la Casa de la Cultura de la presidencia de esa institución, Benjamín Carrión, quien, entonces, llegó a decir que el Café 77 era la verdadera Casa de la Cultura, razón suficiente para que los militares clausuraran esa cantina con una orden del intendente de dieciséis líneas mecanografiadas que contenían más de cuarenta faltas de ortografía —. Más dardos apuntaban a las autoridades de la Casa de la Cultura obsecuentes con los militares, por sus elogios y el toma y daca de alabanzas, por las publicaciones con dedicatoria y por las componendas, y también a todos los intelectuales que habían olvidado difundir los libros entre el pueblo, por lo que se imponía llevar el teatro, la poesía y todas las manifestaciones artísticas a un nivel popular, sin que por eso fuesen tomados por folcloristas, a quienes, no obstante, respetaban. La crítica iba dirigida a demoler los recitales parnasianos, la poesía romanticona y sensiblera de los nerudianos y falsos vallejianos, y los versos pringosos de los imitadores de García Lorca. El mundo y la literatura tenían que transformarse, porque, cagándose en la métrica, volverán las oscuras golondrinas en tu balcón sus caquitas a colgar. Y, en alguna página, se consignaban las primeras críticas al Partido Comunista de la Unión Soviética, acompañadas de expresiones de simpatía, no muy explícitas, por cierto, para el de Mao Tse Tung. Así, se desveló el movimiento caparicuna en Quito, como en otras partes de Iberoamérica habían surgido por combustión espontánea el nadaísmo, los infrarrealistas o la mufa: el fantasma que había despertado Carlos Marx recorría el Tercer Mundo con la adarga del Che y en las inhóspitas vanguardias literarias radicales.

Esa noche, la tertulia del ya reabierto Café 77 estuvo animada pero se disolvió muy temprano, debido a que llegó el soplo de que el ministro de Gobierno había dado la orden de tomar presos a los protagonistas del acto subversivo en la morgue del hospital, por lo que un petit comité se trasladó al piso de Clementina. El pretexto lo puso Sérvulo Sánchez Quintanilla, que no la había oído cantar en algún tiempo, y lo secundó el filósofo Humberto Caicedo; el grupo se completó con el pintor Pablo Oquendo, un vulgar gasterópodo con faldas y pelo suelto que no se despegó de él en toda la noche, y dos poetas del grupo Dintel cuyos nombres no recuerdo, aunque, alguna vez, Chiriboga sí me los dijo; llamémoslos Hugo y Víctor, para facilitar las cosas. Marcelo repartía el ron, pero se comportaba como un visitante más en la agradable madriguera de la Riofrío, quien le sonreía con algo de bajeza. Clementina interpretó cinco canciones, con frágiles pausas. Fueron suficientes. Todos querían hablar en aquella noche, como si necesitasen tomar conciencia de algo que permanecía entre los celajes de la intuición. ¿Qué te pareció el estreno de los caparicunas?, preguntó el poeta Hugo a Clementina. Con cuidado, ella colocó la guitarra sobre un puf de cuero. Valiente, aunque un poco teatral, contestó ella, como si agradeciera que la hubiese tomado en cuenta; pero, me gustó; será porque me

encanta todo lo que implica parricidio. Lo más importante del manifiesto es que plantea el compromiso de
los artistas y de los intelectuales con la lucha social y
su obligación de trabajar por crear una cultura nacional
y popular, lo cual espera este país desde hace más de
doscientos años. Intervino Humberto: es que tenía que
ser, debía ser teatral, necesariamente, porque el mensaje
no sólo está en el texto sino también en los signos
corporales, sobre todo en ellos. Lo que hoy se discute
en Francia es la imposición histórica y moral de llevar
la discusión cultural a los espacios públicos, confrontar
en esos espacios el pensamiento burgués, pero no
únicamente ese pensamiento sino también los modales
de la burguesía y de la pequeña burguesía, que los
copia, porque, como sabemos, no tiene identidad de
clase y, si la tiene, está condenada a traicionarla. Eso es
más importante que escribir libros que pocos leen.
¿Cómo es eso?, preguntó Chiriboga, que acababa de
colocar en la casetera una cinta de Alfredo Zitarrosa.
La cuestión es que la literatura debe salir de los cená-
culos y cafetines y comprometerse con la lucha de
clases, y no porque eso esté en la voluntad o en la
conciencia crítica del escritor, sino que hacia allá lo
lleva la lógica interna de la propia literatura, explicó
Humberto. Si te vas, te irás sólo una vez, para mí habrás
muerto, desgranó, con gravedad, el uruguayo, y todos
lo escucharon como a un eco interior. Sartre dice que
en la escritura y en el significado de las novelas está
planteada la exigencia de un compromiso con el

mundo, acotó Pablo Oquendo, haciendo esfuerzos para que el meloso gasterópodo lo dejara hablar. Y eso no ocurre con la poesía, porque la poesía convierte las palabras en objetos, como en la pintura, por eso mis cuadros, por ejemplo, van a colgarse en una pared y su significado no se discute mayormente, porque supuestamente son elocuentes, pero con la prosa se presentan muchas palabras y oraciones con sentido inconsciente, y eso obliga a una definición política del novelista, añadió, buscando una obra suya con la mirada; no encontró ninguna. Entonces, el recado es que los poetas sigan escribiendo y los pintores pintando, pero que los novelistas mejor se vayan a la guerrilla, comentó, con poco convencimiento, Marcelo Chiriboga. Algo así, señaló el poeta Víctor, ya entonado por el ron, y calló, poniendo una sonrisa extraña. O, si escribes, tienes que romper con todo, añadió Clementina. ¿No es eso lo que ha hecho Jorge Icaza con *Huasipungo*?, preguntó Marcelo. Ella no supo responder. A mí me parece que sí, metió la cuchara Sérvulo Sánchez Quintanilla que, hasta ese momento, se había sentido tan perdido como una pulga en un perro de plástico. Sí, pero él escribía como un turista perceptivo, con una visión blanca del indio, de patrón culposo, ése y no otro es el significante oculto de ese libro, corrigió Humberto, aunque use palabras del quichua. Ah, exclamó Sérvulo. ¡Cierto!, el poeta Hugo. No lo había pensado, musitó Pablo. No estoy de acuerdo con que los escritores deban ser militantes, me parece que los políticos deben hacer bien la revolución y los escritores deben escribir bien sus libros, protestó Chiriboga. Estás equivocado, señaló Humberto. ¿Sabes qué dice Sartre?, preguntó, impaciente. No, ¿qué?, respondió Marcelo. Que frente a un niño que muere de hambre, *La náusea* no vale nada. Yo sí lo entiendo, él quiere decir que la acción es la medida del hombre nuevo, dijo Clementina. Como el Che Guevara, anotó el poeta Hugo, dándole la razón a la mujer. Eso: un guerrillero que cita al gran León Felipe y escribe como él, anotó el poeta Víctor, con voz aguda, antes de callar otra vez. En la casetera, Atahualpa Yupanqui había desplazado a Zitarrosa, preguntó a su abuelo donde está Dios y todos lo atendieron con devoción —párvulos que escuchaban un catecismo que iluminaba insuflando fe, pero sobre todo rabia—, hasta que anunció que a los ejes de su carreta nunca los iba a engrasar. Don Ata es lo máximo, falló el poeta Víctor. Pablo Oquendo se llevó al gasterópodo al dormitorio. Clementina pegaba la hebra, secreteando, con el poeta Hugo. El poeta Víctor se había tendido en un asiento y permanecía con los ojos cerrados. Marcelo notó que dos agujeros indiscretos honraban las suelas de sus zapatos. Él y Sérvulo escuchaban a Humberto, quien decía que el Ecuador no podía ignorar las luchas de liberación anticolonial y antiimperialistas que se libraban en el mundo, porque se vivía una situación histórica mundial que hacía inevitable y cercano el socialismo y que había que tomar conciencia de aquello. Reprimiendo el impulso de gastarle una broma,

Marcelo vio que el poeta Hugo llevaba calcetines rojos, pero no dijo nada; aún hoy no es habitual que un hombre los use de ese color. Reparó en los pezones erectos de Clementina debajo de su blusa hippie y se alegró de que hubiese dejado de usar sostén para reivindicar la libertad de su cuerpo. Era el regocijo del propietario. Lo entiendo, pero con la división entre chinos y cabezones me parece que va a salir ganando el imperialismo, dijo Marcelo, con el perfume de esas tetas rehilando en el subconsciente. Sérvulo asintió. Al escucharlo, Clementina dejó al poeta Hugo y se aproximó a Humberto para decir que del happening caparicuna la había disgustado el ataque soterrado a los soviéticos y al PC. Dices eso porque siempre serás una cabezona, glosó a su espalda el poeta Hugo, en tono de broma. Humberto rió con ganas. Chiriboga sonrió, incómodo. El poeta Víctor hizo un ruido. Sérvulo puso cara de estar pensando en el papá de la anfitriona. No, no, contestó ella, sin seguir el tono festivo, la división del movimiento comunista internacional no le va a hacer bien a nadie. Las condiciones objetivas para el socialismo están dadas, pero los jerarcas de Moscú quieren arreglos con las burguesías de nuestros países, dijo Humberto. Clementina movió la cabeza de lado a lado. No te olvides que el izquierdismo es la enfermedad infantil del comunismo, reclamó. Pero el reformismo es el achaque senil de los burócratas, respondió Humberto. Así es, dijo el poeta Hugo. Ella le lanzó una mirada de reproche. No, ahí no está el problema, sino en que no sabemos qué queremos, terció Marcelo. Sólo sé que nada sé, masculló el poeta Víctor. Sérvulo rió. ¿Qué quieres vos?, preguntó el poeta Hugo a Marcelo. Quiero escribir novelas, contestó. ¿Eso, o hacer la revolución?, le preguntó Humberto. Para mí, lo primero es escribir, contestó Marcelo. Estás condenado, porque como hijo de papá puedes ser amigo de gente de izquierda, incluso puedes tener ideas radicales, escribir manifiestos, salir a marchas y hasta poner bombas, pero cuando vayas llegando a la mierdosa edad de la razón pasarás al orden, al trabajo y al matrimonio, simplemente te entregarás al sistema. Y vos estás entrando en esa edad, Marcelito, y se te va a imponer el apellido, tu hacienda y toda la mierda que te habrán metido tus taitas en la cabeza. Veo que te vas a esconder en la literatura, añadió Humberto, entre serio y afectuoso. Yo seré de izquierda toda la vida, rezongó el poeta Hugo, sintiéndose aludido. Mmm... en unos años te veo invirtiendo alguna herencia en el negocio de la construcción, vaticinó Humberto. No me reconozco en ese papel, alegó el poeta Hugo: sus ojos claros parecieron achicarse. Y, dirigiéndose a Chiriboga, Humberto advirtió: no soy adivino, camaradas, pero ustedes tendrán que enfrentar el dilema de su compromiso político, tarde o temprano. Yo estaré comprometido a través de la literatura, dijo Chiriboga. Eso decían los viejos y no consiguieron escribir más que de indios que se comportan como marionetas en sus novelas, para terminar de funcionarios de los Gobiernos de turno, abandonando sus proyectos de clase en nombre de una nación inexistente, de una supuesta cultura nacional, como si en el Ecuador no hubiera tantas culturas como clases sociales, señaló Humberto. Hay que tomar conciencia del vacío que dejó la derrota ante el Perú, añadió, hablando más lentamente, como si necesitara convencerse de lo que decía. ¿Vos crees que el proletariado ecuatoriano da como para que un obrero pueda ser un personaje literario?, le preguntó Marcelo. No lo sé, no lo sé, declaró, por eso sostengo que hay que olvidarse de la novela y mejor trabajar en el teatro y la poesía. Es que lo crucial es asumir el compromiso político y los imperativos éticos y vitales que conllevan la acción, la organización y la toma de conciencia, y no buscar una salida cómoda en la literatura. No creo que eso te hace oportunista, pero la novela, lo que los franceses llaman roman, no te somete a exigencias morales y políticas, porque existe una especie de amoralidad en la estética, que le es connatural, argumentó Humberto. ¿Estás anunciando la muerte de la novela?, terció Clementina. Verás: para escribir novelas tienes que ser un burgués, no es que debes ser propietario, sino pensar como burgués, como un hijueputa; la narrativa es un canto al individualismo creativo, al egoísmo personal y a la soledad, a la vanidad de creerse iluminado o el sustituto de Dios, considerarse un vanidoso diablejo deicida que construye un universo a su medida y hace vivir o morir a los personajes a su antojo. Pero es la hora de culturizar la política y de politizar la cultura. Con esta ecuación se escribirá el elucidario de la creatividad revolucionaria. Yo prefiero a Quevedo que a Cervantes: Humberto rizó el rizo. Chiriboga insistió: ¿Crees que la novela ha muerto? Sí, dijo Humberto, sacándose un peso de encima, ha muerto, pero en tanto instrumento de la revolución. Clementina rió, como si escuchara una simpleza y en su mente estuviera graficando el poder letal de los katiushkas para acabar con el fascismo; la acompañaron en la risa el poeta Hugo, Sérvulo Sánchez Quintanilla y Chiriboga quien, me lo confesaría la única vez que tocamos el tema, en ese momento, sintió una turbación interior, pero prefirió adjudicarla al ron que ya se les había subido a la cabeza, a unos más que a otros. Pablo Oquendo volvió a la sala con su gasteró-podo con pelos y dijo que se marchaban. Sérvulo miró a Chiriboga y le propuso salir a tomar aire por el barrio: vamos por un rosca, le dijo al oído. El poeta Víctor se puso de pie, como un zombi, y anunció que él también se despedía porque debía estar a las ocho en punto en su escritorio de la Cancillería. Humberto pareció aban-donarse y dejarse llevar por una marea de salida. El poeta Hugo le propuso quedarse a tomar la copa del estribo. Clementina asintió con la cabeza. Chiriboga le apretó la mano a Humberto y le dijo que en uno de esos días lo buscaría para seguir conversando de esas cues-tiones, aunque lo veía como a un capador, con una lógica veterinaria que obligará al silencio de los escri-tores, a vivir el sistema de los mudos, o sea el sociomudismo del siglo veinte. Todos festejaron el neologismo, menos Humberto, que replicó que los escritores burgueses y pequeñoburgueses tienden a la amoralidad y a burlarse ácidamente de todo, incluso de la seriedad revolucionaria, y que lamentaba que por las condiciones materiales de su existencia el proletariado no pudiera tener escritores de su propia condición en este país. Pero ya nadie lo quería escuchar.

Tras desahogarse —un pobre borrachito quedó ovillado en una acera— Chiriboga le confesó a Sérvulo que no estaba de acuerdo con Humberto, porque su ambición era escribir buenas novelas y, en todo caso, recibir reconocimientos por su literatura, y que, si eso era ser un burgués de mierda, él no podía hacer nada. Y que no le quedaba otra cosa que irse del país, para escapar del Mal, porque lo que piensa Humberto lo piensan todos en la célula cultural del partido y lo piensan los que hacen la *Caparina*, y eso es algo que yo llamo el Mal, mi querido Servulito, el Gran Mal, algo retorcido, como si un parásito mental, una especie de tenia filosófica o ideológica hubiese penetrado en sus cabezas, incluso en las más brillantes, para matar la literatura, para liquidar la novela, que es la expresión artística más importante y más compleja de todos los tiempos, el mejor instrumento para estudiar el alma humana y para liberarnos, usando la imaginación como instrumento liberador, porque sólo con la imaginación podemos ser verdaderamente libres. Este mundo sería irreconocible sin *El Quijote*, sin *La guerra y la paz*, sin *La montaña mágica*. ¿Cómo imaginar nuestra vida si Víctor Hugo no hubiese escrito *Los miserables*? ¿Un mundo sin Jean Valjean, sin Emma Bovary, sin la perturbación de Raskolnikov, sin el encabronamiento de Anna Karénina? ¿Te lo puedes imaginar? Y, te digo más: sólo la novela puede reflexionar sobre sí misma mientras es, entre tanto va siendo. Únicamente la novela es capaz de negarse a sí misma para perdurar. Sólo ella es la que admite nuevas definiciones sobre sí. Si no cambia de piel, se muere. Ocurre distinto en la pintura y en la música. Sólo en la novela es dable mandar al diablo a la inveterada lógica del planteamiento, nudo y desenlace y, no obstante, seguir siendo novela, sin que importe la anécdota y, en cambio, que a palo seco se imponga el estilo como lo que realmente cuenta; sólo en ella pueden dialogar el narrador y los personajes, incluso uno, o todos ellos, con el autor, y no solamente pueden debatir, sino luchar, oponerse, disputar la palabra y la historia, aunque estén confinados en una matrioshka elaborada con vocablos, oraciones y frases encadenadas, incluso cuando ocurre que alguien sueña que está soñando que lo sueña otra persona. ¿Te imaginas? Una novela con esas cualidades es la que estoy escribiendo, es la que *escribo* desde que naufragué en la biblioteca de mi viejo, en Riobamba, y todavía no espesa. ¿Sí me explico? ¿O no? Ya la tengo en mi cabeza, Servulito, aunque todavía está enroscada, como un caracol, pero, ya mismo, sé que pronto saldrá de allí, imagínate un close up de la eclosión de un poroto o un primerísimo primer plano del brote de un eucalipto. Así va a pasar, así me está pasando. La estoy escribiendo y estoy tratando de redactarla, porque escribir y redactar no es lo mismo. Oye, te voy a confiar algo que no le he dicho a nadie, ni siquiera a mi Clementina: se va a llamar *La caja sin secreto*. No me preguntes por qué. Don Buenaventura del Espíritu Santo no me perdonaría si te dijera el porqué de ese título, incluso a vos, siendo como somos, uña y sucio. Mentía, en parte, o decía una media verdad (el dilema del agua tibia, ¿medio caliente o medio fría?): *escribía* en la cabeza *La caja sin secreto*, hacía mucho tiempo, pero en la máquina de Clementina estaba batallando con la historia del pobre revolucionario que moriría asesinado a causa de su reloj y sus botas. ¿Quién es ese tal Buenaventura?, preguntó Sérvulo. Marcelo prosiguió con su perorata, como si no lo hubiese oído, encendido o iluminado: yo no voy a saltar al vacío por más parricida que me exijan que sea, más bien creo que hay que reivindicar la tradición del realismo social y, con las lecturas de esas novelas, leyendo a Jorge Icaza, Alfredo Pareja Diezcanseco, José de la Cuadra o Joaquín Gallegos Lara, sin olvidarnos de Pablo Palacio, que es harina de otro costal y al que hay que prestarle más atención, toda la atención, mejor, y con todos ellos, digo, evangelizándonos con sus textos, convirtiéndonos en heredípetas —sí, usó esa rara palabra, imagino que para no hablar de astucia —, asumamos el desafío de hacer la nueva literatura, aunque estoy de acuerdo en que es pura paja eso de la cultura nacional, más ahora que sabemos que no somos nada, después de que los peruanos se encargaron de demostrárnoslo. Esto me ha hecho recordar que, en 1999, un año antes de la muerte de Chiriboga, conocí en Barcelona a un escritor ecuatoriano, en casa de Enrique Vila-Matas. Su apellido era Valencia. Sí, Leonardo Valencia. Al comienzo, no recuerdo bien por qué lo creí italiano. Suponía que, al igual que Enrique, era miembro de la Orden del Finnegans, que venera el *Ulises* de James Joyce, y por allí iniciamos la conversación; sin embargo, no llegamos a Dublín porque, al saber que era ecuatoriano, le pregunté si conocía la obra de Marcelo Chiriboga. Me admiró que supiera tan poco de él. Para mi sorpresa, Valencia me dijo que tenía la certeza de que Chiriboga era un invento de alguien o el seudónimo de algún escritor mexicano, colombiano o chileno. Por supuesto, yo le aclaré que Chiriboga era de carne y hueso, que lo conocía hacía más de quince años y que, además, yo era su agente literaria en España. Mencioné algunos de sus libros y los premios que había recibido, pero él me miró pasmado, detrás de sus espejuelos sin marco. De pronto, se había abierto un abismo entre los dos, como si existiéramos en mundos distintos, aunque paralelos. Sólo falta que me diga que yo también soy fantaseada, pensé. Entonces, felizmente, él optó por cambiar de conversación: me contó la historia de Juan Falcón Sandoval, un personaje sobre el que había venido meditando largamente, por su dimensión simbólica, quien durante muchos años cargó en sus hombros al escritor comunista Joaquín Gallegos Lara, un ícono de la literatura del realismo social de su país, en los años treinta del siglo veinte: en su niñez, la poliomielitis lo había dejado paralítico y, a falta de silla de ruedas, Falcón se convirtió en sus piernas.

—Es precisamente este personaje el que, a mi modo de ver, representa lo que ha sido el problema fundamental para los escritores ecuatorianos, permanentes sufridores de lo que yo llamo el síndrome de Falcón —me dijo Valencia—: ellos han estado obligados a cumplir con una agenda secreta y no declarada para su literatura. Cualquier transgresión a esa regla no escrita fue vista como una deserción, un desvío burgués o una pretensión cosmopolita. Era una época en que la ideología pesaba mucho, lo que conducía de prisa a la responsabilidad política y a las buenas intenciones, a mantener en la literatura una vocación mesiánica y un espíritu dogmático. Pero, por ello, se descuidó el sentido radical de una forma novelística autónoma. Sobrellevar esa carga de presunta ética social ha condenado durante décadas la libertad de la novela en la literatura del Ecuador.

Valencia mencionó con ímpetu a Pablo Palacio como el único escritor que, en esos años, estuvo al margen de la tendencia, y por eso lo acusaron de loco, peligroso portador del treponema pálido, sifilítico de mierda y de cosas por el estilo. En ese punto, alguien interrumpió la argumentación de Valencia y todo quedó allí, porque la reunión tomó los cauces que marcó el anfitrión. Nunca lo volví a ver pero, ahora, he recordado ese encuentro como si en mi cabeza hubiese rebobinado una película en blanco y negro, aunque sólo supe alguna otra vez de él por referencias de Vila-Matas.

Convéncete —le dijo Marcelo a Sánchez Quintanilla—: este país es tan imaginario como la línea equinoccial, Servulito. Mejor dicho, un bonito paisaje. Pero, dejar de escribir novelas para subirnos al escenario, como actores de medio pelo y así dizque acabar con la cultura del poder oligárquico, que es lo que plantea Humberto, me parece inconsistente, un lindo embeleso sin futuro. A propósito, ¿existe el futuro? *¿Hablando de la leña, callo el fuego?* Entonces, hizo una pausa. Como siempre, Sánchez Quintanilla le daba la razón y, como era su costumbre, le prestaba los oídos para que Chiriboga se escuchase a sí mismo.

Patearon asfalto durante un par de horas hasta cuando el periodista decidió meterse en un hotelito con una gringa risueña que encontraron vagando en la calle de los restaurantes. Marcelo regresó al piso de Clementina cuando ya rompía el alba. El lugar olía mal —un vaho de alcohol, tabaco y algo más perduraba suspendido en el aire—. Él abrió una ventana. Ella dormía boca abajo en un revoltijo de cobijas: reposaba así porque de otro modo tenía pesadillas. Al menos, eso decía ella. Él no se lo creía pero tampoco le importaba. Se dirigió al baño, a asearse. Mientras orinaba, se percató de que en el piso estaban tirados dos calcetines rojos. Los quedó mirando, como idiotizado, igual que cuando observó la cagada que había dejado el ratero, aquella vez, en el cuarto de San Juan. Después, tomó los calcetines y los arrojó al cubo de la basura. Movió vasos, ceniceros y botellas de la mesa del comedor y se puso a teclear la máquina de escribir. Cuando ella lo llamó, entre sueños, él se metió en la cama y le hizo el amor, como si purgara una culpa. *Al fondo, es hora, entonces, de gemir con toda el hacha y es entonces el año del sollozo, el día del tobillo, la noche del costado, el siglo del resuello.* Ella se dejó hacer, sin abandonar el decúbito ventral, separando las piernas; luego, siguió durmiendo. ¿Pero, acaso ella estuvo despierta en algún instante?

En la mañana, se quedaron en la cama, vencidos por la pereza y la resaca. Tomaron café negro y volvieron a dormir. Más tarde, cerveza fría, porque es sabido que en ese estado nada es mejor que la cuña del mismo palo. Clementina seguía con ganas de platicar, pero no de las cuestiones de la noche. Sin decir por qué y sin que Marcelo se lo pidiera, le contó que el tío Ruperto la había violado a los catorce años, un tío que no era realmente su tío, aunque siempre lo llamó así a instancias de sus padres. Clementina susurraba, acurrucada en el pecho de Marcelo. La mañana se desperezaba en las ventanas. Él tenía seco el paladar. El tal Ruperto, nada de trigo limpio, obeso, astuto, mojigato, era un

camarada del politburó que frecuentaba con su compa-
ñera el hogar del doctor Riofrío, desde que Clementina
era un niña pequeña. Una vez se presentó solo, sus
padres estaban ausentes —creo que habían viajado
a Guayaquil, por cosas del partido, trató de recordar
Clementina—, con el pretexto de ayudarla a estudiar historia. Y la tomó por la fuerza, viejo asqueroso.
Aunque la amenazó con que le haría daño si ella revelaba lo que había ocurrido, se lo contó a su madre, que
no le creyó, diciéndole que en esa edad las muchachas
suelen inventarse aventuras con hombres mayores. El
tío Ruperto volvió a forzarla en varias ocasiones más.
Clementina llegó a sentir una extraña mezcla de placer
y asco, que la avergonzaba, porque aunque ansiaba
que el hombre apareciera para practicarle una felación
y para que la penetrase, también sentía repugnancia
de sí porque en todo ello había algo muy retorcido y
sucio. Eso acabó cuando el tío Ruperto murió de un
ataque al corazón, en un autobús de servicio público y
lo velaron en la sede de la Confederación Nacional de
Trabajadores. Q. D. D. G. Queda debiendo dos gallinas. Rió con ganas tras paladear esas cuatro palabras.
Luego, le contó que cuando se integró a una célula del
partido se encontró con que la bandera del amor libre
era la mejor excusa para que el camarada secretario
de célula se tirase a las camaradas sin que se permitie-
ran los celos, porque eso correspondía a una ideología
pequeñoburguesa que era necesario desterrar de las
filas comunistas. Pero conmigo no pudo, se lo aclaró

a Marcelo, que la abrazaba con sed y ternura. No le di oportunidad y, por eso, me hizo la vida imposible, asignándome las tareas más duras, como realizar pintadas en las madrugadas —todavía no se llamaban grafitis— o pasar a máquina interminables matrices para el mimeógrafo. En desquite, Clementina se juntó con un camarada que, dijo, era cero a la izquierda en la cama, pero, en cambio, *una gran amiga*, súper sensible, un maravilloso confidente e inmejorable cómplice. Ella pensaba que él era homosexual (se llamaba o le decían Johnny), pero en ese tiempo era impensable que los homosexuales pudieran salir del armario sin recibir el escarnio público, ni siquiera con sus íntimas. Y continuó: hubo, hay, un camarada que siempre fue dado a la quiromancia, no lo nombro porque tal vez lo conoces, que leía las manos de las compañeras pues no hallaba otra forma de llegar a acariciarlas; después, dijo que leía las rodillas, ¡abajo las minifaldas! (Clementina rió nuevamente), y las camaradas le permitíamos que nos tocara la rótula sólo para ver cómo se le formaban lamparones en el cuello, por la excitación; evolucionó, el muy avispado, hasta atreverse a decir que era capaz de leer el futuro en las aureolas de los pezones. Yo se lo permití una vez, por curiosidad. En una fiesta sindical me lo llevé al baño: apenas vio mis senos tan cerquita y sintió mi olor, el pobre camarada sufrió un pasmo, así que allí lo dejé, trepidando por la gana. Después de aquello, no ha sido capaz de mirarme a los ojos. Clementina hizo una pausa, como si escogiera en su pasado, antes de proseguir: y siempre hubo un camarada guapetón, por el que moría alguna o más de una de nosotras, es aquel con el que te encamas alguna vez, sin compromiso, por soltarte la trenza y darte el gusto. Porque adoras la verga, y qué. Y porque una se siente en el cielo cuando ese pendejo te chupa el clítoris con ganas y, al día siguiente, él quiere más, y vos no, de pura bruja, para que vaya sabiendo de una vez por todas que una cara bonita no es todo en la vida. Dijo esto y calló. Marcelo estaba empalmado. Fornicaron como si fuese la primera vez, hasta quedar exhaustos, ahogándose en sus jugos. Él quiso comentarle lo que, en esa madrugada, había encontrado en el cuarto de baño. Pero, se arrepintió. Y nunca se lo dijo.

Ésa, probablemente, fue la última vez que se amaron con fogosidad. Luego, la rutina fue venciendo a la pasión, tal vez porque a Marcelo se le dio por hablar de matrimonio, tanteándola, y ella no, o porque él sentía que le prestaba menos atención debido a que Clementina se concentró en preparar su primera exposición de esculturas en terracota, que resultó un éxito. Su foto, imágenes de sus obras y comentarios sobre su trabajo aparecían frecuentemente en la prensa, y también recibía pedidos. Un reportaje en la revista *Vistazo* la convirtió en la artista de moda en Guayaquil. A veces, ella desaparecía por uno o dos días, pero él no le hacía preguntas ni le pedía explicaciones, porque no era ni burgués ni celoso ni reaccionario o, al menos, se proponía ser un hombre nuevo. Estaba consciente de que las circunstancias históricas de esos años exigían a los intelectuales quiteños una conducta insurreccional y subversiva en la cultura, participaba en las actividades dirigidas a agitar en los sindicatos y en la universidad, acompañaba a Clementina en esas incansables actividades, pero eso, en vez hacerle repensar sus ideas sobre la literatura más bien las afirmó. Marcelo vislumbró que el activismo iba a ser sinónimo de sequedad, de ninguna producción literaria con algún valor, y esa esterilidad era, en su modo instintivo de ver el problema, lo único que iba a cosechar esa pretensión de fundir el arte con la política. En esa época, Marcelo escribía su primera novela y hacía el papel de ignorado príncipe consorte en las reuniones sociales a las que invitaban a la artista y, de vez en cuando, buscaba a Sérvulo Sánchez Quintanilla. Era de rigor que regresara de esos encuentros pasado de tragos, por lo que ella lo tiraba de las orejas. Pero en una de aquellas madrugadas ya no lo reprendió porque, de repente, ya no le importaba lo que Marcelo hiciera o dejase de hacer. Se encontraba realmente destrozada y con la cabeza en quién sabe qué parte. Había recibido la noticia de la muerte de Jonás Lulunku: al ser apresado y torturado por los portugueses, era militante del Movimiento Popular de Liberación de Angola; su cadáver castrado fue arrojado en Os Coqueiros, un barrio pobre de Luanda. La música de balalaika sonaba a todo volumen; luego, ella cambiaba el disco de acetato y repetía las canciones melancólicas del coro del Ejército Rojo, aquéllas de conmovedores lamentos cosacos o de los remeros del Volga. Viéndola así, naufragando en el mar de los desconsuelos, Marcelo entendió que Clementina iniciaba una viudez irrazonable y supo que él no iba a poder soportar que un fantasma africano se metiera en la cama, entre los dos. Entonces, tomó la decisión de abandonarla.

En esa semana fue a la casa de Benjamín Carrión, quien se alistaba a asumir la embajada de Ecuador en México. Él lo recibió con gestos afectuosos, algo paternales.

—Usted es el joven Chiriboga. Talentoso. Lo recuerdo perfectamente. ¿Me trae el libro prometido?

—No, don Benjamín. Todavía trabajo en él. Usted sabe cómo es eso.

—Entonces, ¿a qué se debe su visita?

—Debo ir a México. Es un asunto de vida o muerte.

—¿Por qué? ¿Está metido en algún problema?

—No. No. Necesito salir para respirar. De otra manera no podré terminar mi novela. Aquí estamos matando la literatura. Usted me comprende.

—Lo entiendo, bueno, eso creo. Pero, ¿cómo puedo ayudarlo?

—Lléveme como chofer. Si no, como guardaespaldas. Como secretario. Como mayordomo, como lo que sea. Tengo ahorrado para el pasaje.

Carrión no ocultó su sorpresa. Lo pensó un minuto. Sonrió. Hizo un chasquido con la boca.

—Está bien, Marcelo, usted será nuestro conductor en la embajada.

DEMORÓ UNA SEMANA en obtener el pasaporte. Nueve días después, con el billete de avión en la mano, tomó la Erika de Clementina y la empeñó en el Monte de Piedad por una suma que cambió en seguida por dólares. Telefoneó a Riobamba y les comunicó a sus padres que se iba a México, por lo que, en adelante, debían enviarle los giros mensuales al D. F. Viajaba, les dijo, por pedido de don Benjamín Carrión, ya que el flamante embajador quería contar con su apoyo en la legación ecuatoriana en ese país, lo cual era una oportunidad que él no podría desaprovechar, ¿no les parece? Repitió la misma historia al despedirse de Sérvulo Sánchez Quintanilla. En un bolso colocó dos mudas de ropa y las cuartillas que tenía escritas. Arrojó las llaves de la casa en la mesa de la cocina, como único mensaje de adiós. Al día siguiente, volaba en un Boeing de Braniff. Por la expresión en su rostro, sin duda, experimentaba un alivio enorme por librarse del Gran Mal y de la inconsolable viuda de Lulunku. Es más: conociendo su manía de mezclar ficción y realidad, puedo decir que imaginaba ser el Edmond Dantès que escapaba del castillo de If cayendo al mar en un saco de yute, un cadáver que sólo podría revivir lejos de la prisión. Tenía las manos sudorosas y un razonable temor por lo desconocido. En dos meses más cumpliría treinta años.

—Éste es el carro de la embajada —le dijo Carrión, señalando un sedán azul noche de la marca Mercedes Benz. Lléveme a Picacho-Ajusco 227, en Bosques del Ped. En la guantera hay un mapa, para que se vaya orientando.

Chiriboga se quedó de una pieza. Tras recibirlo en la sede diplomática de la calle Tennyson 217, en Colonia Polanco, el embajador lo había presentado al resto del personal y, después, lo condujo a la cochera.

—No sé conducir.

—¿Cómo dice? No lo entiendo.

—Nunca he manejado un automóvil, don Benjamín.

La respuesta paralizó a Carrión, hasta que su cerebro puso las ideas en orden. Entonces, descargó una sonora carcajada.

—Usted está lleno de sorpresas —le dijo, de buen humor. Luego, calló y lo miró de pies a cabeza.

Chiriboga tenía cara de y ahora qué hacemos, como un escolar pillado en falta. Había puesto al embajador en una situación de hechos consumados. ¡Qué chucha!, se dijo, sin cambiar de expresión, puesto que el quechuchismo ya era una marca registrada en su país.

—Debería mandarle al carajo —le reprochó Carrión. A los setenta y un años era más indulgente y más inclinado a bromear.

—Don Benjamín…

—Pero, usted me cae bien, Chiriboga, así que se queda como mi secretario. Espero que sepa leer y escribir, que sea discreto y pueda alzar el teléfono. Y no me salga con otro domingo siete porque no me gusta que me hagan el pendejo.

Marcelo siempre fue un hombre de suerte. El trabajo de secretario se limitaba a organizar la correspondencia y revisar los periódicos en las mañanas, mientras el viejo Benjamín escribía, encerrado en su despacho, lo que también a él le dejaba tiempo para leer y escribir o para ir a husmear en las mesas y estanterías de El Sótano, una nueva librería en la avenida Juárez. Por las tardes, trabajaban juntos durante un par de horas respondiendo la correspondencia y atendiendo esporádicas demandas de la Cancillería de Quito y comentando las novedades políticas de Ecuador y de México. Eran horas de oro en que Carrión se convertía en un tutor que indagaba los detalles de *La caja sin secreto*, le hacía recomendaciones o simplemente lo escuchaba en silencio. En contadas ocasiones, el embajador le solicitaba que los acompañase, a él y a su esposa, a atender alguna invitación, o le recomendaba una obra de teatro, si no alguna película experimental de Antonioni o una cinta poética de Fellini. Es un cine simbolista —le explicaba Carrión— que ha revolucionado el lenguaje cinematográfico. Hay ahí una forma muy italiana pero sumamente sarcástica de ver el mundo, útil para cualquier escritor. No se olvide usted que toda historia exige una forma, un estilo, pero si tiene que escoger, lo que debe importarle es la forma, no lo que usted escribe, Marcelo, sino cómo escribe. Así que, también, comentaban de *Blow-Up*, de *Julieta de los espíritus* o de algún otro estreno, poniendo mucha atención en el carácter de sus directores. No obstante, ya que lo bueno dura poco, el papel de secretario de embajada terminó en ocho meses, cuando Carrión fue removido. Por cierto, Marcelo dejó el cargo en la delegación pero decidió permanecer en el D. F., arropado por Regina Mont8prieto, en cuya casa lo habíamos dejado antes de que fuésemos por partes en esta historia y antes de que, desde esa noche, los dos iniciaran una serie de encuentros con empaque académico, que devinieron amorío de mujer madura y joven extraño, con abundancia de inteligencia en las palabras e irrefrenable animalidad en la piel. En aquella noche, a Regina la envaneció que Chiriboga hablase de *El estudio de los signos en la cultura moderna* calificándola de pieza fundamental para al análisis de las obras literarias, en especial por el énfasis que aquel libro ponía en la estética de la recepción, que era como dotarse de un tercer ojo para descifrar lo invisible que tiene la literatura. Se lo dijo al embajador y a otros, cerca de ella, con la intención de que lo oyese. Y, después, a ella: el baño de sangre consumado aquí, por el batallón Olimpia, sumado a lo de mayo, en París, y a lo que está causando la muerte del Che, va a cambiar el mundo y aún no nos damos cuenta. Pude ser testigo directo en Tlatelolco, porque mi curiosidad me llevó a espectar la protesta de los estudiantes y lo que allí pasó fue sencillamente una masacre. Vi muertos y heridos con balazos en la espalda y glúteos, porque los soldados disparaban aunque los muchachos corrían. ¿Cómo salí vivo? Mi condición de diplomático fue un salvoconducto milagroso, dijo, pero yo creo que Marcelo fanfarroneaba porque nadie podía asegurar que él estuviese allí, en aquel dos de octubre. En México se acabó el paraíso hace doce días, le dijo. También: paraíso es cuando no hay crítica ni fiscalización, cuando el presidente es lo más parecido a un autócrata rodeado de corruptos, cuando no hay oposición. Dijo además: el dos de octubre se abrieron las puertas del infierno en la plaza; el infierno es el rechazo al statu quo, es pedir revolución y repudiar las olimpiadas que se van a realizar aquí, es el enloquecido movimiento de pureza —como alguien ya llama al movimiento estudiantil de esta gran ciudad—, es declarar a la UNAM territorio libre de América, es oponerse al orden sexual de la burguesía, es gritar que debajo de los adoquines están las playas y que está prohibido prohibir… En este año de revueltas en el mundo, únicamente en México se ha derramado sangre juvenil, eso es sembrar la semilla del diablo, dijo, mirándola sin emoción, y ella pudo haber sentido que él hablaba para sí, como lo hacen los predicadores.

Tal vez, su discurso no dejó de sorprenderla, viniendo de un extranjero, aun cuando fuese un secretario de embajada de un pequeño país andino, solamente. Pero lo que me interesa contar es que lo sintió vivamente desolado cuando él se puso a hablar de que la inspiración no existe en la literatura y que, con propiedad, y a modo de ejemplo, debía llamarse epifanía a lo que había experimentado Gabriel García Márquez mientras conducía un viejo coche hacia Acapulco, momento en el cual el jeroglífico de su universo literario quedó finalmente descifrado en su cabeza caribeña; así, con la novela *aprehendida* en su mente, retornó sin demora al D. F. y se sentó hasta escribir que las estirpes condenadas a cien años de soledad no tenían otra oportunidad sobre la tierra. Entonces, ella experimentó una intensa curiosidad por ese hombre derrelicto que, en el fondo de sus piélagos personales, también esperaba una revelación con la misma longanimidad del que aguarda por el gordo de la lotería o la visita del Espíritu Santo. Por supuesto que no lo dijo así, ni siquiera mencionó algo parecido, pero una intuitiva Regina lo entendió de esa manera. En ese momento, él empezó a existir para ella, quizá porque aún no había leído *Cien años de soledad*, pese a que todos hablaban de ese libro que, precisamente por ello, hacía un par de semanas la esperaba en su mesita de noche. O porque las mujeres estamos hechas de alguna agramiza muy combustible. Lo cierto es que, unas semanas más tarde, cuando Carrión retornó a Quito, Chiriboga se instaló en Coyoacán —la mujer rompía la sana costumbre de vivir sola — a fungir de pareja de la señora de la casona, a escribir y a preparar las sesiones de los talleres literarios que impartía en la Casa de la Cultura Reyes Heroles, encargo que recibió porque nadie podría negar una petición a Regina Monteprieto, la Montegrande. Y dejó de concurrir a las clases de semiología en la UNAM: ahora, absorbía la sabiduría de la profesora las veinticuatro horas del día. Si la recomendación de Regina fue, sin duda, clave para que en aquella Casa le abriesen las puertas, también operaron en su favor los vínculos propicios que había desarrollado con algunos personajes del mundo de la cultura chilanga, aprovechando de sus funciones diplomáticas, entre ellos, con el director de la Reyes Heroles. Supongo que en esa época pudo conocer directa o indirectamente a Carlos Fuentes, quien ya era un hueso atravesado en el gaznate del gobernante PRI y, además, *la* figura mexicana del boom de la literatura hispanoamericana, que terminaba con la modorra de la cultura hispanohablante. Y sé que, porque me lo dijo, en ese entonces trabó amistad con Salvador Elizondo, con quien mantenía largos coloquios sobre la actualidad mexicana, acerca de Iberoamérica y la literatura. Sin duda, de esa amistad desarrolló ese estilo mundano, violento, sicalíptico e imaginativo, que rompía con el realismo y el nacionalismo de los que había escapado al salir de un Ecuador que estaba cada vez menos en su cabeza, a punto de desaparecer, si no hubiese sido por un recado telefónico:

—Lucrecia y Julito se murieron ayer, en un choque de carros, pasando Boca de los Sapos.

Habían transcurrido siete largos años desde última vez que los vio, un año antes de que dejase Ecuador, en un viaje que hizo a Riobamba: su padre cumplía sesenta y tres años. En esa ocasión, sus progenitores lo encontraron preocupado por cuestiones que a ellos les resultaban incomprensibles. El cerebro de su hijo no operaba ajustándose a la realidad y no era normal que su razonamiento no persiguiera un fin útil: le importaba muy poco la agronomía, no manifestaba ningún interés por el futuro de Huabug y tampoco por volver a vivir en esa ciudad. Con la cabeza en los libros, como siempre, ahora hablaba de la pobreza, de la espantosa miseria de los indios en la provincia y de la necesidad de una reforma agraria, como si eso incumbiera a su vida y como si el comunismo pudiese ser una solución razonable para resolver las atávicas dolencias del país. Según su madre, a Jesusito le preocupaba la inmortalidad del cangrejo, lo cual, por lo demás, era un rasgo de su personalidad, que manifestó desde pequeño, y aquel talante se le había acentuado en la capital; pero ya se le pasará, dijo Lucrecia, no hay que perder la paciencia. En el reverso de la medalla, su hermano Gabriel socorría con eficiencia en la administración de la hacienda que, por cierto, solventaba los estudios de Marcelo en Quito y sus dislates intelectuales. En aquella visita, Marcelo sostuvo varios encontronazos con su padre, quien, era de esperarse, contaba con el respaldo silencioso de Gabriel. Pero nada lo hizo ceder en sus disparates. Y, sin proponérselo, asentó un golpe bajo a su padre al anunciarle que había decidido abandonar la carrera para dedicarse a la literatura, con exclusividad, lo que era una estupidez, por donde se lo viera, pues nadie nunca había podido vivir de las letras; bueno, al menos así pensaba su viejo, que amenazó con cortarle las remesas mensuales. Pero, Lucrecia intercedió. Pacificó a los hombres de la familia y, a solas, le remachó a su esposo: ya se le pasará, Julio, es que mi Jesús se demora en madurar. *Y mi madre pasea allá en los huertos, saboreando un sabor ya sin sabor.*

Al escuchar la fatal noticia de boca de Leonor Pond's, mejor dicho, en la voz de su prima en el teléfono, Marcelo experimentó algo muy distinto a lo que siempre pensó que sentiría cuando ellos muriesen. Tomó conciencia de una molesta indiferencia que atribuyó a su egoísmo. Habría llorado si hubiera podido, como es natural, pero estaba seco, preocupado por su destino inmediato: me dijo que la llamada de Leonor lo había pillado intentando resolver cómo seguir el rastro de la afamada Jean Seberg, que era como ir a por un fantasma o abrazar una sombra en el agua. Durante su visita a Santiago de Papasquiaro, según él para sustituir a Fuentes en la cama de la gringa, por exigencia de ella (me lo repitió hasta el cansancio porque dudaba de que yo se lo creyese), la policía lo había *invitado* a abandonar México y, para machacar aquello de que los reveses jamás llegan solos, una desengañada Regina lo había echado de Coyoacán.

—E vaffanculo!

Era el precio que tenía que pagar por dárselas de Porfirio Rubirosa, algo que resultaba difícil figurarse en quien conocía a Marcelo. Pero, ya lo he dicho, él poseía una gran imaginación y una, digamos, esquizofrenia extravagante, si es que eso existe, algo así como una locura benigna que no quiero llamar tontería, de la que, por supuesto, él no tenía conciencia.

—La camioneta que conducía tu papá se incrustó debajo de una *mula*, luego de chocar a mucha velocidad contra un burro que se había plantado en la carretera. Era de madrugada. Tal vez, otro vehículo lo encandiló. O el Julito se durmió por unos instantes. Es difícil saberlo. Murieron de contado, ñañito. Venían a Guayaquil, al matrimonio de mi hija mayor. Me siento culpable. ¡Qué desgracia!

Leonor Pond's lo había llamado desde esa ciudad para darle la mala noticia, y se la soltó, así, sin rodeos. Marcelo se quedó veintidós segundos en silencio. *Mi padre duerme. Su semblante augusto figura un apacible corazón.*

—Marcelito, ¿estás ahí?

Entonces, para su desconcierto, ella escuchó estas trece palabras en la larga distancia:

—Gracias prima. Si una vela se te apaga, otra se vuelve a encender.

Cuarenta y nueve minutos después, Chiriboga llamó a su hermano. No lo pudo localizar. Gabriel estaba en Boca de los Sapos cumpliendo con los papeleos para recuperar los cuerpos y llevárselos de vuelta a Riobamba. Eso lo supo al día siguiente, en que consiguió hablar con él para conocer detalles de los funerales y cruzar frases adecuadas, digo mejor, graves palabras obligadas por las circunstancias. Le dijo que lamentaba no poder viajar a Ecuador, para acompañarlo en esos difíciles momentos. Hubiese sido lo natural. Pero, si acaso el Comanche era un *loco benigno*, también era extremadamente práctico, nada emotivo en cosas como éstas, sin una gota del exagerado afecto que, bastante después, yo lo vería prodigar a sus perros. Ya no podía hacer nada por sus padres y los funerales siempre le parecieron ritos estériles plagados de lugares comunes, gastos innecesarios, frases de cajón, obligadas palmadas en la espalda e incómodos compromisos. *Y si hay algo quebrado en esta tarde, y que baja y que cruje, son dos viejos caminos blancos, curvos.* Pretextó también que se lo impedían sus obligaciones con la embajada, aun cuando había dejado de ser funcionario hacía meses, pero eso Gabriel no lo sabía. Un día después, con los cadáveres de sus padres en rigor mortis aún, le explicó a su hermano que necesitaba con urgencia el dinero de lo que le correspondiese por la casa, por la hacienda y por lo que Julio y Lucrecia tuvieran en el banco o en alguna mutualista —si no todo, ahora, algo, o en partes, exigió—, pues debía trasladarse a París, porque Radio

Francia Internacional lo había contratado para que dirigiera la nueva programación en español, destinada a España e Hispanoamérica, y la Sorbona, al conocer lo de RFI, lo había convocado también para que enseñase literatura en talleres similares a los que dirigía en la Casa de la Cultura Reyes Heroles. Era una nueva oportunidad, que no podía dejar pasar, tú me entiendes, Gabrielito: jamás se me volverá a presentar un cuadro igual, de manera tan favorable; es como en el fútbol, ñaño querido, imagínate que Pelé está, de repente, solito frente al arco... él tiene que patear y hacer el gol, ¿no? Y, su hermano menor, atontado por el dolor, se lo creyó.

ENTRE TANTO ESPERABA QUE SU hermano le enviase la pasta, Chiriboga se instaló en una habitación en la Zona Rosa, Nápoles número 69, con la máquina de escribir que se llevó a la fuerza de la casa de Regina: estaba trabado con su tercera novela, y muy animado, invulnerable a las malas noticias y a la mala racha, aunque llegasen juntas. Yo tenía *La caja sin secreto* en Barcelona y, desde allí, le había anunciado que intentaría meter en cintura a Juan Anaya para que la publicase, después de decirle que el manuscrito me había parecido formidable, y que iba a por ello. Además, el escritor Salvador Elizondo había conseguido que una pequeña editorial mexicana se arriesgase con la primera novela de Chiriboga, escrita con voluntarismo en la casa de Clementina, en Quito. Entonces, Elizondo gozaba de creciente prestigio. Su premiada novela *Farabeuf o la crónica de un instante* lo había confirmado como el escritor más vanguardista de México, de marcado cosmopolitismo.

Aquella novela había significado una ruptura con la tradición literaria mexicana, patrimonio del discretísimo Juan Rulfo y del *kolinosista* Carlos Fuentes, entre otros grandes. Elizondo proponía una forma de literatura que abandonaba las regiones más transparentes y los fantasmas que deambulaban en pueblos olvidados, los caciques telúricos y el drama incombustible de los indios, para dar paso a la metafísica de la fotografía, al misterio del tiempo congelado, al espesor del erotismo; una literatura que mostraba sus vísceras con impudicia y atrapaba al lector como a un pez distraído, lo sacaba del agua y lo tenía coleando lejos de su medio natural, una literatura poco complaciente, desapacible es la palabra: quien mordía el anzuelo no se la pasaba muy bien, necesariamente. Salvador Elizondo colaboraba ocasionalmente con *Literal*, la revista que editaba el tal Vargas Pardo. Fue aquel quien puso en contacto a los dos ecuatorianos. El mexicano dijo en alguna ocasión que nunca imaginó que aquello iba a ser, en poco tiempo, lo más parecido a un choque de trenes. Era como intentar unir el agua y el aceite, precisamente porque los dos personajes eran tan parecidos: provenían del mismo país aunque hablaban diferente, los dos guardaban la ambición de convertirse en escritores famosos, por distintos caminos habían desembocado en los novedosos talleres para jóvenes literatos; eran igualmente soberbios y renegaban de su país por partes iguales. El tal Vargas Pardo, un aventurero que presumía de izquierdista fidelista (lo políticamente correcto, en esos años), maldecía al reformismo de los comunistas ecuatorianos. Chiriboga, un izquierdista que intentaba mimetizarse en la aventura literaria, reprochaba el revolucionarismo de los escritores quiteños. Sólo pudo publicar un comentario en *Literal*, acerca de *Antología personal*, un libro de textos inéditos que acababa de presentar Elizondo, porque —la versión es de Marcelo— el tal Vargas Pardo se sintió amenazado, no estaba dispuesto a languidecer en México a la sombra de otro ecuatoriano, aun cuando, peor aún, pudiera tratarse de su *gemelo*. Tal vez, se consideraba un gran escritor con poca suerte. No había conseguido que se publicase ninguno de los libros que, decía, tenía listos desde hacía algún tiempo ya, incluso antes de dejar Guayaquil, y se sentía constreñido a los talleres y a la revista, que luchaba como un hongo para ver la luz cada mes. Igual que el tal Vargas Pardo, lo cierto es que Chiriboga también había adquirido cierta notoriedad en el D. F. como formador de escritores y los talleristas lo estimaban. Los instrumentos que empleaba para elaborar apreciaciones críticas venían de la fuente generosa de la semiología de Regina, lo cual le daba un aire de modernidad académica, porque, hasta antes de la llamada ciencia de los sistemas de signos, las tasaciones literarias más exigentes no pasaban del plano impresionista, de lo bueno o lo malo, de si me gustó o no me gustó, de si es o no trascendente en lo social o en este momento histórico, es decir, en lo extraliterario. En esto consistía, precisamente, su éxito: los nuevos escritores adquirían nociones conceptuales de la lingüística que les daban una capacidad crítica enfocada en lo textual, en los significantes y en los significados de una determinada estructura de códigos, un instrumental que, había que suponer, iban a aplicar en sus propias creaciones. Estimado pero temible, Marcelo era un depredador despiadado que se cebaba en los pávidos textos de sus estudiantes, quienes no tenían más que resistir el descuartizamiento público y no podían esperar una palabra o un gesto de tolerancia. Era un juego de masacre que los despojaba de la inocencia y los hacía lo necesariamente crueles. Sin ferocidad, decía Marcelo, no tendrían la menor posibilidad de llegar a ser buenos escritores. Pero, Salvador Elizondo se reía de Chiriboga y del tal Vargas Pardo que, al poco tiempo, terminaron repartiéndose el *territorio* tallerista: Instituto Nacional de Bellas Artes y Casa de la Cultura Reyes Heroles. Aquél creía que los ecuatorianos habían ideado un modus vivendi ingenioso, propio de los buscavidas que llegaban al D. F., porque, aseguraba, ningún gran escritor se había formado en un pupitre, sino lidiando con sus demonios chingones, con la página en blanco y con la lengua, y citaba a Georges Bataille, James Joyce, Ezra Pound, Fiodor Dostoievski, José Revueltas, Mijaíl Shólojov... La lista es interminable, le decía; y, si cada uno escribe por motivos muy personales, hay sin duda muchas razones distintas que llevan a un ser humano a convertirse en un esclavo de la literatura, pero ninguna de aquéllas se adquiere en un aula o en un círculo de iniciados. Y el ecuatoriano sonreía ante la contundente obviedad de Elizondo, como el encantador de serpientes descubierto en su truco, pero no transigía. Imagino que no blandeaba porque, en el fondo, Marcelo nunca dejó de ser quien era. Es que, parece ser una regla, los ecuatorianos no pueden librarse de sus complejos, como si el horno nunca estuviese para bollos, como si el mundo no tuviera suficiente carga para transformarlos: siempre habrá uno de ellos tentado a romper una botella en la cabeza de un compatriota o, al menos, una copa en la cara, para marcarlo. Por ello, aunque ya llevaba viviendo tres años con Regina, me dijo que lo que ocurrió en la noche en que lo conocí fue que *le salió el indio*, sí, me lo dijo de esa extraña manera; según él, su indio interior lo llevó a que riñera con el tal Vargas Pardo como un camorrista vulgar. Y, ¿no lo mencioné?, aquello prendió en la mujer la semilla del hastío, esa hijuela que acaba con el amor o con lo que se parece al amor, en especial, si es el pasar del tiempo lo que se encarga de fertilizarla.

—Está bien —dijo Chiriboga, observando el dragón Ling Yung, prendido en la espalda de Regina—, dame una semana para dejar esta casa.

—Tienes dos días —contestó la mujer ante el espejo—. Due giorni. Non di più.

—El Gobierno del Doctor me ha nombrado embajador en Italia. ¿Qué te parece, Polaca? Es un Gobierno de centro, pero se dice de izquierda, y el nuevo presidente es un abogado honesto, según me cuentan. Su único defecto, dárselas de pavo real, debe ser por su baja estatura. Él mismo me lo ha propuesto por teléfono. ¿Me visitarás en Roma?

Quince años atrás, cuando llegó a París, Marcelo lo habría tomado como una ofensa. Pero, ahora, su voz era la de un hombre contento y halagado, quizá la de ese pedante descrito con el sarcasmo de Donoso: *Un narcisista, coleccionista de halagos imprescindibles para anestesiar los melindres de la autoestima. Su personalidad poseía ciertos detalles que podían calificarse de frívolos: fascinación por los oropeles parisinos, vanidad ante el deslumbramiento de sus pares literarios al verlo llegar a ciertas cenas — muy escogidas — en La Coupole, su satisfacción por contar con la amistad de Cortázar, de Fuentes,* de Vargas Llosa… *y de Nuria Monclús, la ninfa Egeria del boom* (gracias, Pepe, y perdóname que no pueda decir que no es para tanto), *sus maneras señoriales, sus apariciones en* Aphostrophes, *su elegancia de ex embajador que viene de vuelta de casi todo…* Ahora, el sistema, el establishment lo asimilaba para sacarle provecho: él era una figura inocua, que había triunfado en un desarraigo voluntario. A sus paisanos no les importaba que, en alguna ocasión, hubiese hecho burla pública de los políticos y de algunos próceres connotados de Ecuador, porque, gracias a él, el mundo había tomado algún conocimiento de la existencia de su país. Lo que contaba para el nuevo Gobierno de Quito era que Chiriboga le iba a dar lustre. En Francia ya no se lo consideraba un métèque, con excepción de la derecha gaullista, que lo aborrecía y lo llamaba, además, Gribouille. Y, era *socio* del exclusivo club de autores del boom hispanoamericano, lo que lo hacía un tío excepcional, pues era el único ecuatoriano entre aquellos privilegiados. Luego de la publicación de las primeras novelas, conseguí que se le otorgara el Premio Montjuic, que contribuyó a que sus libros se vendieran muchísimo, a pesar de alguna crítica que insistía en que Chiriboga era un fraude. Recuerdo con claridad que, cuando se lo planteé, Marcelo demoró en entenderlo. No me lo creyó cuando le dije que me había dedicado, calculadora en mano, a persuadir a Eugenio Planas, el editor de Montjuic, de que mirase la dotación económica del premio como una inversión, un anticipo a cuenta de las futuras ventas del libro que íbamos a premiar. Eugenio lo vio más claro cuando le demostré cuántas pelas ahorraría si la noticia del premio ocupase grandes espacios en la prensa. Él desconfiaba de la publicidad, por supuesto, porque lo que venía gastando en los medios incidía muy poco en la ventas. Un solo título no puede soportar el coste publicitario, argumentó, como último recurso, antes de darse por vencido, pues le demostré que si el premio diese que hablar sería mucho más eficaz que los anuncios, además de inconmensurable en pesetas, contantes y sonantes. Ése fue el primer paso que di con él. Pero, ¿cómo acertar con un buen libro?, me preguntó. Entonces, empujé el estoque hasta el pomo: le expliqué que transcurrido un tiempo desde la publicación de las bases, si su editorial no recibía ningún libro con potencial, yo rondaría al escritor o a los escritores que considerásemos apropiados para ganar el premio. Y, tercer paso, le expuse la estrategia: no le garantizamos explícitamente que se alzará con el premio, aunque estamos seguros de que él ganará. La decisión la tomará el jurado, claro, al que con inteligencia apenas sugeriremos la novela ganadora, pero sus integrantes tendrán libertad de decisión. De modo que le compramos a nuestro candidato la novela por una cantidad de pelas equivalente a la mitad del premio. Si el jurado no resuelve en su favor, publicamos su libro pagándole esa pasta. Pero, si gana, ganará el doble. ¿Crees que un autor medianamente inteligente va a decir que no? Chiriboga dijo sí, apenas terminó de entenderlo. Y ganó el doble con *El color del agua regia*, una novela que era una metáfora de su deslumbramiento por Francia. Es la historia de una catalana que huye de la represión del franquismo y apoya la resistencia desde París, descubre que había estado aguardando por ella un mundo fascinante, plasmado en el pensamiento atrevido de la gauche parisina, con la que se involucra vitalmente, lo que, por lo demás, se convertirá en el encuentro festivo con su libertad sexual y la maravillosa revelación del lesbianismo. Una emulsión exitosa en esos años: erotismo, política y feminismo. Ganamos todos: Planas vendió como nunca antes, Chiriboga se convirtió en uno de los autores de moda y yo —mientras veía cómo en mi pequeño blocao del Passeig de Gràcia ocurría el big bang del boom— me iba haciendo rica, lo que, por cierto, había sido mi sueño de juventud. Cuando lo pienso, constato que entré en la edad de la razón el momento en que entendí que debía tener suficiente parné para no tener que pensar en él, para administrar el poder que el dinero da, para disponer de la agradable libertad que otorga.

De pronto, aquel premio instaló a Marcelo Chiriboga en una dinámica de entrevistas y comentarios de prensa, portadas de revistas, fotografías y firmas de autógrafos. Radio Francia emitió un programa especial de una hora para sus oyentes en Hispanoamérica y en España, y la Deutsche Welle realizó un reportaje para televisión con imágenes de Marcelo caminando, naturalmente, por la orilla izquierda del Sena, a lo que añadió tomas de Quito, Galápagos y de algunas espectaculares cumbres nevadas de su país. Algo similar hizo Televisión Española, que añadió una entrevista con el chileno Gustavo Zuleta, renombrado crítico literario y maestro de literatura hispanoamericana en varias universidades de Estados Unidos, en la que se confesaba chiriboguista y repetía que Chiriboga era la cabeza indiscutida de su generación literaria. Toda una fanfarria que lo sacó prontamente de la depresión (no sé si fingida, evidentemente sobreactuada) a la que lo había llevado el destino de *su* gringa, su gran amor platónico.

—¡Chucha madre, Polaca, imagínate que la encontraron agusanada!

Un año antes, me había dicho que nunca se recuperaría del intenso quebranto moral clavado en su pecho, el desgraciado instante en que se enteró de que el cadáver en pudrición de la Seberg había sido descubierto por un hombre que llevaba a cagar a su perro en la rue General Appert, en París. La encontró en el interior de un desvencijado Renault 5 ó 4, da lo mismo, de color blanco. Entonces, se supo que la policía halló junto a ella una nota dirigida a su hijo: *Diego, hijo mío, perdóname. No puedo vivir con mis nervios. Sé fuerte. Sabes cuánto te quiero. Mamá.* Chiriboga me contó que, semanas antes, ella se había arrojado al metro en la estación de Montparnasse, pero, milagrosamente, el conductor pudo detener la máquina, evitando su muerte. Entonces ya era un guiñapo físico y mental, sin rastro de aquella andrógina que tanto había emocionado en el cine, un fantasma irreconocible de aquella mujer que supuestamente lo sedujo en Santiago de Papasquiaro. La necropsia mostró que, antes de morir, presuntamente la mujer se había bebido una botella de licor y suficientes barbitúricos como para hundir al Titanic. Pero, su ex guardaespaldas, Guy-Pierre Geneuil, aseguró que ella fue asesinada porque en el Renault 4 ó 5, da lo mismo, a Jean la encontraron desnuda y sin ninguna botella. *Con ocho gramos de alcohol en la sangre no se puede andar. No hace falta ser Sherlock Holmes para comprender que una conclusión se impone: el alcohol le fue inyectado y, como nadie que va a matarse sale a conducir sin ropa, hasta el doctor John H. Watson podía concluir que el cuerpo fue colocado por alguien en ese coche.* La sûreté sospechó que el cadáver, envuelto en una mugrosa manta de cuadros, había sido puesto en el vehículo por el argelino Hamed Harni o Hasni, un maleante que se aprovechaba de ella y que fungía de cuarto marido: se presentaba como futbolista y actor en paro, pero en el prontuario de la sûreté estaba fichado como un ladrón y prostituto que vivía de mujeres adineradas. Este Hasni, o Harni, le propinaba terribles golpizas, la ignoraba y menospreciaba, y la intimidaba con la amenaza de que la iba a abandonar por alguien de menos edad. Bonjour tristesse, adieu la dignité, adieu le mensonge. La Seberg había caído bajo el brutal dominio del africano porque cortejaba a la locura, sumergida en la idiocia del alcoholismo, sin conseguir, o sin querer, dominar la ninfomanía —esa vidriosa patología que los médicos identifican como deseo violento e insaciable de entregarse a la cópula, por el que ella había usado, y despedido, a tantos sementales—. Dicen que, en esa época, era común observarla vagando por los peores antros de París, en bares de mala muerte, en subterráneos y estaciones de tren, en busca jóvenes negros... *carne fresca*.

Luego de que se separó de Romain Gary, en el tiempo en que Chiriboga la buscaba en la rue du Bac, Jean Seberg vino a rodar una película en España. Aquí conoció a un cineasta, cuyo nombre escojo omitir, y con él emprendió un romance complicado por su inestabilidad emocional, lo que para él, seguramente, significó hacer el amor con la Medusa. Luego, supe que, cierta vez, la mujer deambuló en cueros, dando alaridos, en un hotel donde se había citado con su amante, quien, por algún oscuro motivo, no pudo concurrir al encuentro. Ya podemos imaginar lo que, luego, pasó con ella, hasta terminar en las garras del argelino. No obstante del evidente desequilibrio y de la tragedia personal de su ex mujer, Romain Gary —mi héroe luminoso, incansable, perturbadoramente sensible— acusó al FBI de haber provocado, indirectamente, el suicidio de Jean con calumnias a causa de sus pasados vínculos con Hakim Jamal. La acusación era débil, pero Gary dijo que la había planteado con el propósito salvar el honor de su hijo Diego. Para sorpresa de todos, el FBI le dio la razón, admitiendo las calumnias que se habían lanzado contra ella hacía ocho o nueve años. Sí, el FBI la difamó para neutralizarla. En aquella época se hacían esas cosas, pero eso ya no se hace ni se hará más, declaró William Webster, poniendo la cara de un Gary Cooper con úlcera de estómago, o almorranas, quien ocupaba el poderoso despacho del lunático J. Edgar Hoover y, luego, dirigiría la CIA. A Jean la fueron a despedir en el cementerio de Montparnasse unos doscientos amigos y conocidos que, se ha repetido con razón, no quisieron o fueron incapaces de ayudarla.

Con todo esto, tan turbador como funesto, me sentía muy apesadumbrada. Pero no pasó mucho tiempo para que, con su desaparición, *mi* Romain Gary me ayudase a entender la dolencia de Chiriboga por su gringa, y su andino chuchamadrismo *de junco y capulí*. Un día de diciembre —habían enterrado a su ex mujer hacía tres meses— almorzó en Le Recamier con su editor de Gallimard, quien luego lo dejó en su piso. Diego estaba ausente, igual que Leïla Chellabi, la mujer con quien entonces vivía. En la noche, tomó muchas de las incontables fotos de Jean, que guardaba en un cajón, y cubrió con ellas todas las paredes de su piso de la rue du Bac. Imagino que su frente hervía por alguna fiebre, por un asco vital, por un hastío irremisible, quién sabe por qué: el alma humana es un oscuro laberinto sin fin y nadie escapa de él. Los ojos, secos. También la lengua. Llamó por teléfono a Ginebra y le pidió a su amiga Suzanne Salmanowitz que fuera a recogerlo al aeropuerto de esa ciudad, a las tres de la tarde del día siguiente. Ella dijo que él se lo dijo, y también lo han dejado dicho Nuria Barrios y Joaquín Leguina. Colgó. Deambuló por el piso, deteniéndose ante cada foto de Jean. Luego, se miró al espejo, grave. Quiso hacer otra llamada, pero se arrepintió y colgó la bocina. Fue a su habitación. Cerró las persianas. Corrió las cortinas. Se puso ropa de dormir. Tendió una toalla roja sobre la almohada de su cama. Se recostó. Metió en su boca el cañón de un revólver Smith & Wesson 38 especial. Disparó. *Su suicidio fue multitudinario: murieron Roman Kacew, Shatan Bogat, Fosco Sinibaldi, Émile Ajar y Romain Gary. Lo que nadie sabe es quién de todos ellos apretó el gatillo.* Sus funerales en Les Invalides fueron los de un héroe, de *mi* héroe, de mi íntimo dolor, el gran final del rictus rufianesco que Anaïs Nin vio en sus inquietantes labios. El cuerpo fue incinerado y las cenizas, había sido su voluntad, debían ser botadas en el mar. *Meses después, Diego Gary y Leïla Chellabi se dirigieron a Menton para entregar la urna con las cenizas a su primera esposa, Lesley Blanch, que se encargaría de arrojarlas al Mediterráneo. Cuando Diego y Leïla ya se habían ido, al mover la urna, Lesley escuchó un sonido dentro de la vasija. La abrió y encontró la hebilla del cinturón de Gary, que había resistido el fuego.* Y, cuando ya habían pasado seis meses de la muerte de Gary, Paul Pavlowitch llamó al mediático Pivot: Yo no soy Émile Ajar. Émile Ajar es el seudónimo de Romain Gary. He escrito un libro donde lo cuento todo. Las revelaciones de Pavlowitch levantaron un enorme revuelo en los ambientes literarios franceses, pero ninguno de los críticos que habían despreciado a Gary y ensalzado a Émile Ajar —*esos charlatanes de mierda*— tuvo el coraje de reconocer su mezquindad y su ceguera. Si ocurre que *hay verdades tan intolerables en la vida que justifican las mentiras —es decir, las ficciones, es decir, la literatura—*, ¿tiene sentido la ficción cuando los hechos ya poseen todo el dramatismo que esperamos de la literatura? ¿Para qué novelar, si son *ciertos* únicamente los hechos más demenciales de una historia? ¿Hay que escribir para que nuestra demencia sea tolerable? ¿O para que puedan ganarse un euro los charlatanes de mierda?

CON EL PECULIO DEL PREMIO, Chiriboga compró el retrato de Louise Vernet, niña, que en 1818 había posado para Théodore Géricault con un vestidito celeste y un gato. Se decidió por aquella obra cuando él, como tantos y tantas, tampoco pudo resistirse al encanto del actor Alain Delon, conocido coleccionista. Se habían encontrado en la sala Druot-Montaigne, donde el actor, tras decidir subastarlas, había colgado algunas piezas de su colección privada, formada por su exclusivo gusto personal y el abundante dinero que le había dado el cine. Entre ellas, pinturas de Géricault, Millet, Corot o Delacroix, los maestros franceses del siglo diecinueve. Me dijo que no pudo resistir el impulso de *poseer* a Louise Vernet cuando el bello (digo yo) Delon se lo planteó de esta manera: *Un cuadro es como una mujer. La veo. Me gusta. La quiero.* Y que se desprendía de las telas de Géricault con sufrimiento y una sensación de ahogo, con *une grande douleur, porque su pintura me corresponde, por su vida y por su muerte.* No le importó la pequeña fortuna que iba a desembolsar por la pequeña Louise cuando el actor, a mi juicio, fabuloso mercader gracias a su experiencia de seductor, remató así: *Hay quienes se compran coches; otros se van de putas. Yo prefiero los cuadros.* Imagino que, en ese instante, Marcelo quiso ser como él, o él. Un profano virtuoso. Y tenía el parné para intentarlo con aquella niña. Cuando Pablo Oquendo supo de esta decisión, se sintió tan indignado que nunca más volvió al piso de la rue Brea. Y, Adèle tomó su retrato, que yacía en el suelo, porque había sido reemplazado en la chimenea, y se lo llevó a su habitación. Nunca le oí pronunciar un reproche debido a ese enroque: sucede que en muy raras ocasiones podemos percatarnos del momento en que sembramos la semilla del rencor. Pero Marcelo había comprado el prestigio de poseer un óleo de ese maestro y, además, la figurada corresponden- cia con su vida y su muerte, pues, yo no lo dudo, en el Homnidae de los Homininis, del género Homo, especie Homo sapiens, macho, si es exitoso, palpita el gen del romántico temperamental y apasionado, partidario de las emociones fuertes, amante de los caballos o de los perros, de vida turbulenta y fin prematuro, fatalmente ominoso, un Géricault de película. Pero, a los conta- dos que, en raras ocasiones, eran invitados al 25 de la rue Brea, los embaucaba con el cuento de que lo había comprado relativamente muy barato a la mafia marse- llesa, pero en francos contantes y sonantes, ya que la pintura había sido robada del Museo de Bretagne, en Rennes, y les pedía absoluta discreción pues, de otro modo, él terminaría en La Santé. Nadie lo denunció. Y él nunca más habló de *su* gringa.

Entre novela y novela, descubrió la afición por los perros de raza, lo cual, en París, era también propio de lo muy esnob de ciertos ambientes artísticos e intelectuales. No sé si exista alguna explicación, pero lo cierto es que los criadores más refinados pertenecían a una sociedad más o menos secreta, llamada por algunos Iglesia Kikiana, cuyos socios o fieles —todos hombres, sin excepción— se atribuían el papel de depositarios de la memoria de Alice Prin, Kiki, la reina de Montparnasse en los años treinta. Se reunían el segundo miércoles de cada mes en Le Boeuf sur le Toit, a hablar de ella, como si lamieran de rodillas el sexo de una mujer legendaria, o mitológica, *cuya boca era un incendio y su corazón una alcachofa: en cada hoja, el nombre de un hombre.* La frase podía ser de Gonzalo Ugidos o de José-Louis Bocquet, quizá del poeta búlgaro, de origen turco, Ochanem Ojenroc, probables adoradores de Kiki, pero no lo puedo asegurar. Se la escuché a Marcelo, que era incapaz de recordar a su autor, aun cuando le divertía el tropo de la alcachofa. Lo cierto es que la *reina* había posado desde los trece para pintores y fotógrafos que, luego, serían célebres; cantaba en los cafés; dicen que *hacía la calle*; en Nueva York, intentó sin éxito una prueba en la Paramount. Era hermosa. Yo la *conocí* en una mítica fotografía de Man Ray —uno de sus amantes — titulada *Le violon d'Ingres*, publicada en la revista *Life*, quizá en 1985 ó 1986, más de sesenta años después de fijada en sales de plata. Tuvo un cabaret en la rue Vavin, que fracasó a causa de la guerra. Escribió un libro de memorias que prologó Hemingway: allí, él la comparó con la reina Victoria, aunque su alteza siempre se mostró vestida. En la primavera de 1953, Kiki murió por una apoplejía, inexcusablemente en la rue Brea. Su cadáver, dicen, mostraba una belleza marchita a la luz de media tarde. Debido a ello, los melancólicos kikianos intentaban recuperarla a punta de palabras y memoria, rescatarla de la muerte con la sensual frescura de *Le violon d'Ingres*, que registró para la eternidad uno de los más hermosos culos femeninos. Marcelo me contó que, en una época, tenía un sueño recurrente en el que Kiki posaba para él, desnuda y de espaldas, claro, pero no para que él la retratara con óleos o pasteles, menos con una Hasselblad, sino con palabras que él susurraba y, entre tanto, alguien, o más seguramente unas manos de estenotipista, iban registrando de prisa. Luego, ella hablaba y su voz sonaba a música de cuerdas, pero, enseguida, se convertía en un agudo clamor; por fin, devenía algo como una sirena, mientras ella se iba transformando en un descomunal y baboso cuzu, que es como llaman en Ecuador a la larva del escarabajo. Sin excepción, él despertaba con la vejiga a punto de estallar y el desconcierto continuaba vivo, horas después de mear.

Cuando realizó el único viaje a su país, tras un exilio de más de veinte años, y ya como embajador en Roma, su visita fue una acontecimiento nacional. La prensa de allí le prodigó elogios melindrosos, el Gobierno del Doctor le otorgó el Premio Eugenio Espejo, en el Palacio de Carondelet, y el Municipio de Quito, el Rumiñahui de Oro en el grado de Capitán de la Ciudad. La Alianza Francesa lo condecoró por sus valiosos servicios a los vínculos culturales de Ecuador y Francia y, fumando unos raros cigarrillos de eucalipto, o tal vez de cáñamo inocuo, que contribuían a que lo vieran aún más exótico en su propio país, también escuchó que le proponían que volviera para emprender en una batalla por la presidencia de la república, ¿por qué no? Me insistió en que autorizásemos alguna edición doméstica de *La caja sin secreto* y, genio y figura, recibió una buena pasta a cambio del uso de su imagen en la publicidad de un banco de la localidad. A lo único que no se prestó, y no porque no le tentase la idea, fue a la propuesta de erigir una estatua en su honor, en una plaza que, a todo esto, ya llevaba su nombre. No accedió porque su paso a la posteridad estaba condicionado a que corriese con los gastos de importación de dos toneladas de cobre chileno. Sus compañeros de juventud lo recibieron con recelo; algunos, los más, prefirieron mantener las distancias; y, me contó, de los caparicunas no quedaba nada: la mayoría de ellos sobrevivían como profesores universitarios; otros, como periodistas de la prensa amarilla, a la que detestaban en secreto; no obstante, esos empleos les permitían mantener un inofensivo radicalismo, y eso era impagable. Pero encontró excepciones: dos de los poetas que formaron el Dintel ocupaban sendos ministerios, los de Policía y de Guerra, porque creían que el Gobierno del Doctor, ahora sí, iba a ejecutar el siempre y tan anhelado cambio de estructuras, redimiendo por fin a los olvidados y preteridos por la dominación oligárquica: les llamaban Checho y Chucho, como las urracas parlanchinas, aquella pareja de pajarracos oportunistas de los dibujos animados. Le golpeó la noticia de la trágica muerte de Sérvulo Sánchez Quintanilla, Servulito, ocurrida en una madrugada: un sujeto cerril, de rasgos aindiados, le había clavado un puñal en el corazón y, por ello, pagaba una condena de dieciséis años en el penal, aun cuando en el juicio argumentó defensa propia. También le afectó lo que había ocurrido con Humberto Caicedo —se lo contó Hugo, el poeta de los calcetines rojos —, que se le acercó para felicitarlo en el Salón Amarillo del Palacio, donde el presidente le premió con el Eugenio Espejo. El poeta Hugo mantenía intacta su inteligencia y buen humor, había dejado de ser el izquierdista intolerante y, ahora, empresario progresista y exitoso, invertía en proyectos inmobiliarios, sus hijos estudiaban en Europa, usaba ternos italianos y mantenía a una querida *con todas las de ley*. Le propuso a Chiriboga que le comprase el pent house de un edificio que estaba por concluir, en la González Suárez, una zona de Quito que el Arquitecto, cuando había sido alcalde, despojó del bosque protector de la ciudad. Ahora era un vecindario residencial exclusivo. Marcelo no estaba interesado en comprar nada en Ecuador, pero sí en conocer las últimas noticias sobre Humberto. Es una desgracia, le dijo el poeta Hugo. Como la de Beethoven, que se quedó sordo. O la ceguera de Borges, aunque peor, porque si él no podía leer ni escribir, al menos era capaz de dictar y de oír lo que le leyesen. *Quiero escribir, pero me sale espuma, quiero decir muchísimo y me atollo; no hay cifra hablada que no sea suma, no hay pirámide escrita, sin cogollo*. Le cagó su propio cerebro: un derrame cerebral lo dejó afásico, pues le produjo una lesión irremediable en la corteza cerebral. Humberto, que tenía esa facilidad de palabra, ese torrente pasmoso en el paladar, claro que lo recuerdas, ahora está incapacitado, recluido en la casa de un familiar. Aparentemente, está intacta su inteligencia, pero tiene *cruzados los cables*: intenta decir una cosa y pronuncia otra; si tú le dices hola, Humberto, ¿cómo has estado?, él entiende lo que le estás diciendo, pero te responde, por ejemplo, *ya hirvió el agua para el café*, o *tengo dos calzoncillos blancos y mañana me voy al cine*. Te lo digo, porque así fue la última *conversación* que mantuve con él. Al llegar a esa casa, naturalmente lo saludé. Él me miró, sé que me reconoció, y, dándome la mano, me respondió: *Hola, Susanita. El canario perdió el sombrero rojo*. ¿Te lo puedes imaginar? ¡Terrible! ¡Simplemente, terrible!

Clementina Riofrío, la prosuda Gloria Swanson, aquélla de dientes como teclas, también estuvo entre los recelosos que se acercaron a Marcelo, más por curiosidad que por simpatía.

—Kak dela vozl'ublennyj —le dijo, como hacía tanto tiempo se lo había soplado al oído, en la librería de Liebermann.

Continuaba siendo una mujer muy atractiva, serenada por la madurez. Era la escultora más renombrada del país y directora vitalicia de la Escuela de Bellas Artes, que llevaba su nombre. Estaba casada con su tercer esposo, un banquero adinerado, que le había levantado un palacete —La Clementina— en lo alto de una de las colinas de Quito, donde mantenía un imponente museo, una galería y un taller de grandes ventanales que mostraban la ciudad extendida a los pies del gran Pichincha, ese tejido de ciudad y montaña que motivaba la vibración, el delirio telúrico de los poetas anónimos que viven allí. También había un establo con dos caballos árabes y un alcahaz de pájaros inverosímiles. Los envidiosos llamaban al lugar *la tumba de la faraona*. Y, ella, *mi Ponto Euxino*. Allí, le ofreció una recepción con la crème de la crème de la sociedad quiteña, el mediodía de un jueves, para que las enjoyadas señoras de taco alto y los caballeros de corbatas de seda pasearan risueños por el bosquecillo de la casa, arrobados por la luz del paisaje y asediados por indios que les ofrecían champán muy frío, almojábanas lampreadas, crêps de salmón y bolitas de cangrejo. Si a alguien le provocaba, podía echarse una esnifada por cortesía de la anfitriona en una glorieta de estilo japonés, celada por árboles de eucalipto, en un recodo del parque. Un coro de risas surgió de los que rodeaban al maestro Oswaldo Guayasamín, porque él dijo que llevaba pintando tres mil años, gracias a su condición de indio de Sangolquí, y alguien lo glosó diciendo que le faltaban otros tres mil para aprender a pintar. Tal vez, el acuarelista Oswaldo Muñoz fue ese irónico bromista, pero no Oswaldo Viteri — ¡qué modo de oswaldear en Ecuador! — ni Alfredo Pareja Diezcanseco quienes, con sus respectivas mujeres, Cristina, Martha y Meche, hacían la rueda en la que a Marcelo le parecía recordar que también estuvieron riendo el Gordo Carlos de la Torre, Nicolás Kingman y Pedro Jorge Vera. Pero debieron sosegarse, porque una orquesta de músicos de la Sinfónica Nacional empezó a lidiar con el impagable *Bolero*, en una terraza sombreada por una madreselva. Luego del bufet, en que se oyeron las trabajosas *Melo-*

días de Shéhérazade en uno de los salones, en honor del homenajeado y por gestión del embajador de Francia, el gran pianista Claude Bolling interpretó las *Gnossienes* y las *Piéces Froides*, de Satie, pero Chiriboga creyó que era cuestión de Clementina, porque alguna vez le había obsequiado un casete con esa música, grabado por la Deutsche Grammophon, al que sustituyó la etiqueta original con una en que había escrito: Ésto eres vos. Luego, los aplausos se destinaron a las canciones militantes de los músicos de Pueblo Nuevo. Y, más tarde, con el chinchín de copas de aguardiente, para la banda de Cumbayá. Felizmente, su ruidosa música opacó la trompiza en que se trabaron dos jóvenes novelistas que se tenían tirria, porque ése es el destino manifiesto de algunos compinches tempranos. *Una fiesta sin bronca no es fiesta*, comentó un conocido borrachín, al que llamaban *Veinticuatro mil palabras* que, en ese instante, fastidiaba con su incoherente facundia al envidiado pintor de moda, el de los huevazos inverosímiles en las plazas de pueblitos coloridos, trenes voladores y campanas gigantescas arrastradas por mujeres y hombres desconcertados, en cuadros que se vendían como pan caliente, por lo que hábiles talleristas pintaban en serie los cielos, los campanarios, las mariposas y colibríes, los árboles, los barcos, los tejados multicolores, los gatos y caballos, las gallinas, los peces y las guacamayas, y hasta el toque final, la firma del artista.

Clementina, con el pelo recogido en un moño con tirabuzones, lucía un vestido sin mangas y audaz escote, que la permitía mostrar los bajíos en la disidencia de su pecho y lucir un collar de perlas azulinas que daba tres vueltas en el cuello antes de caer sobre el busto, como un pectoral de fantasía. La parte superior del atavío, de inasequible gasa octogonal de tul y tafetán, neumática más que vaporosa, se entendía muy bien con la seda gris marengo que ceñía la cintura y los firmes muslos, hasta terminar tres dedos debajo de las rodillas, porque sus pantorrillas estaban tan bien hechas como botellas de Coca-Cola. La prenda no sólo le cortaba un pico de años, sino que le daba una seguridad que la hacía sentirse irresistible. Por cierto, no esperaba de Marcelo otra cosa que no fuera despertar la memoria sensorial y que callara lo que estuviese pensando al verla, pero que lo pensara, por supuesto, con un dolorcito en el recuerdo.

—Quiero tomar apuntes entre tus piernas, hasta morirme.

Como si entre ellos imperase un pacto no escrito, pero en regla, optaron por ignorar su pasado en la Calama y, en verdad, hablaron muy poco de literatura, algo de política y bastante de los tesoros que guardaba el Ponto Euxino: muchas esculturas suyas, tres raras piezas atribuidas a la mismísima Camille Claudel, una extraordinaria colección arqueológica de Valdivia, cincuenta y seis crucifijos de la escuela quiteña, dos estupendas mulatas de Di Cavalcanti, *El paseo en barca* de Mary Cassat, y algunas telas más, entre ellas, de Eduardo Kingman, Guayasamín, Jácome y

Tejada; también unos pecios invalorables del Nuestra Señora de la Concepción —como el crucifijo de ónice y esmeraldas de la viuda de Hernán Cortés, y algunas monedas de oro y plata de la época—, comprados en Londres a un descendiente de Sir William Phips —al verlos, Marcelo recordó el más célebre cuadro de Gèricault—, alfombras persas de Kork, vajillas de porcelana fina Wedgewood y sobrecogedoras arañas de Praga colgadas en los cielorrasos. Los dos aparentaban estar por sobre las pequeñeces que ahíjan la memoria o el resentimiento. Al fin y al cabo, se habían convertido en exitosos personajes cosmopolitas, que celebraban con risas espontáneas lo cursi y pueblerino de sus paisanos, como si fuesen dos nuevos amigos, sin culpas que compartir, pero cómplices de una gimnasia desvergonzada de la vida. En aquella invitación conoció a María Cayetana Uribe de Ascázubi, una artista de apellidos pateaindios, que se acercaba a los cuarenta con un cutis espléndido, piel mate y hombros angulosos. Sus gestos tenían algo de impudente, a los ojos Marcelo: su modo de cruzar las piernas o de reclinar el cuerpo sobre la cadera, y esa manera tan suya de mantener erguido el tronco con dos anhelantes combavas —él dijo *limas*— de pezones carnosos. *En medio de los brindis, me hablaron las dos lenguas de sus senos, abrasadas de sed.* A ella, de Marcelo seguramente le atrajo el talante esquivo y la cuidada erudición, o algo más, porque a los cincuenta años a él ya se le empezaba a notar eso que el chileno Donoso atisbó como un aire *tremendamente conmove-*

dor, efímero, sustituible. Pero, ¿realmente era lo efímero? Quizá, la palabra apropiada sea *desechable*, como ese rostro que, un día cualquiera, me mira en la ventanilla de un Talgo que pasa sin detenerse y, sin embargo, no puedo sacar de mi mente durante dos semanas. La mujer se pintaba autorretratos a los que los críticos juzgaban de un exhibicionismo basto —tal vez por el infaltable pubis de vellos rojizos— que se vendían en una galería del Soho, cuya dueña había sido su amante cuando la Uribe estudiaba pintura en la Art Student Ligue, de Nueva York. En aquella noche, se encontraron solos en el salón de su piso, patrimonio de la familia, en el lado de la ciudad opuesto al del Ponto Euxino. Se amaron con alguna torpeza ante las miradas congeladas de los autorretratos y de alguna indulgente Virgen de Quito, abrigados por el resplandor de una chimenea y algo de alcohol. No necesitaron más que un sofá, mientras en sus oídos sonaba *La vie en rose* y la ciudad titilaba en los ventanales. Pero tarde llegan los tempranos. En la mañana, después de desayunarse con espumantes mimosas, rodajitas de pitahaya, huevos de codorniz, jamón y café negro, se dijeron gracias y adiós.

—Estás pensando en ella, chéri.

El fugaz idilio llegó a los distantes oídos de Adèle porque fue la habladuría de artistas e intelectuales, en especial, de los que se sentían mosqueados por *El intolerante* y que, debido a ese libro, tascaban el freno con impaciencia; el asunto fue recogido por algún periódico en una columna de chismes de sociedad y, de allí, enviada por la France Press. Aquella incómoda novela relata la historia de un actor caparicuna que mata a su mujer por celos, lo que, no obstante, consigue ocultar tras un montaje de presuntas razones políticas, pero, para su mala fortuna, es sindicado oportunistamente de la muerte de un recluta. Convicto, en el penal se convierte en *mujer* de los presos que se la disputarán a cuchillazos hasta que, una mañana, en la laguna de La Alameda, los remos de un botecito de madera toparán con su cadáver.

Marcelo no resistió quince días de ajetreo quiteño, que incluyó un encuentro con su hermano Gabriel —a quien encontró envejecido— y su familia, una mujer afable y dos hijos adolescentes que parecían homínidos mutantes. Fugó el día catorce, embriagado nuevamente por aquella sensación vertiginosa de caída libre, metido en un saco de yute. Retomó el papel de embajador y se dedicó a reescribir *Las fronteras interiores*, novela que había borroneado en México sobre el exilio en ese país. El personaje de esa historia es un estudiante de Medicina que no puede hacer cara al desprecio de sus colegas mexicanos, busca refugio en la drogas y es obligado a servir al cartel de Juárez como verdugo de jóvenes maquiladoras que recibe hechas unas piltrafas, luego de misteriosos rituales machistas. En México, el libro fue recibido como una alegoría precursora, se lo llamó *literatura de anticipación* y lo vendimos como rosquillas. La estadía en Roma constituyó un periodo reposado para él, y de una singular intensidad en la vida de Adèle, porque, si es cierto que la campana suele sonar en el valle profundo del olvido, todo le recordaba a esa inocente actriz que había vivido en Buenos Aires, aquella que aprendía a decir di più, di più, amore mio, porque, entonces, las palabras la descubrían y la colonizaban.

—¿Dónde estás Renato? Dove sei?

No lo buscó. Quizá habría muerto o se habría a transformado en otro, si, acaso, no se quedó en Argentina, como casi todos. Ella ocupó su tiempo en rebuscar en las raíces medievales de su presunta abuela materna, los Lusignan, originarios de Poitou, refugiados en el Veneto, que, decía la leyenda, llegaron a ser reyes de Jerusalén y de Chipre. Adèle viajó a Poitiers, donde estaba el castillo del primero de todos y, de vuelta, con emoción contenida, leyó muchos libros sobre las Cruzadas. Los Lusignan resistieron la persecución de Ricardo Corazón de León y fueron hábiles para moverse en el poder; incluso, uno de ellos hizo un reinado desastroso, como consorte de una reina llamada Síbila. La línea masculina se extinguió en 1267, pero Hugo de Antioquía tomó el nombre de Lusignan, creando una segunda línea de la casa, que mantuvo el reino de Chipre hasta 1489. Adèle disfrutó emocionada, alimentando sus quimeras y su sueño de ser otra: Jean d'Arras había escrito *Melusina*, la mitología de la primera mujer Lusignan, un hada que por amor se transformó en una mujer y que, todos los sábados, se convertía en una serpiente inofensiva. Así, se sentía ella, a veces, pero los domingos por la tarde. Melusina miraba a Marcelo y se decía: *mi embajador no es más que un ratón, un ratón que se cree cocodrilo, che, juste une souris.* Con mucha información en su cabeza, anunció que iba a escribir un libro sobre su estirpe, pero el entusiasmo se apagó cuando regresaron a París y a su souris lo nombraron embajador ante el Quai d'Orsay. Igual que antes el Doctor, esta vez el Arquitecto lo había llamado al teléfono para pedírselo.

Tras el beneplácito de rigor, el Gobierno de Francia lo nombró Chevalier des Arts et des Lettres, y le otorgó la Grande Croix de l' Ordre du Roi Charles V, le Sage, como recompensa por haberse distinguido tan extraordinariamente con sus creaciones en el dominio literario y por su contribución a las letras en Francia y en el mundo. Recibió una cruz de doble cara y ocho puntas, de finísimo cristal verde e incrustaciones de arabesco plateado y dorado, con cintas verdes de listones blancos y una roseta para el ojal. Con esto, decidí traducir sus libros al francés, lo que nos permitió explotar con notables resultados el mercado de Francia. Pero el gordo nos tocó cuando le otorgaron el Premio Cervantes, tras haber sido propuesto por la Real Academia. Se rumoreó, entonces, que José Donoso y Carlos Fuentes habían movido todos los resortes indispensables a fin de que Chiriboga resultase galardonado. El tole tole era que, en especial, influyeron en el presidente de la Academia de la Lengua de México, que había conocido a Chiriboga, y sobre quien aquéllos ejercían gran influencia. No obstante, hasta hoy, me he resistido a admitir esa versión, pues tal vez fueron otros quienes hicieron posible esa distinción, como Mario Vargas Llosa, premiado unos años antes, o alguien como Miguel Delibes —¿o era el inefable Francisco Umbral?— que ya había manifestado en varias oportunidades su admiración sin reparos por la literatura chiriboguiana.

Marcelo pronunció el discurso de orden sin leer papel alguno y sin dejar de mirar a su majestad, Juan Carlos. En su alocución hizo una vehemente defensa de la libertad de creación y del sistema democrático, dejando constancia de su admiración por la apertura política de España y la visión moderna de la Corona para vislumbrar el futuro del país de Cervantes, sin la *protección* de nadie que pudiera llamarse, con seis palabras, Francisco Paulino Hermenegildo Teódulo Franco Bahamonde; tampoco con cinco, José Millán-Astray y Terreros; ni con tres, como Antonio Tejero Molina. Le recordó los años de represión que vivieron los países del Cono Sur en los sesenta y setenta, y se detuvo a relatar la historia de Carla, de dieciséis años. Ella, que estudia en un colegio de Madrid, le dijo al rey, debió exponer una lección sobre los derechos humanos en Latinoamérica. Entonces, la muchacha les contó a sus condiscípulos su propia historia sin que se alterara su bello rostro, pues había conseguido galvanizar sus sentimientos con la ayuda de los psicólogos de las abuelas de la Plaza de Mayo, de Buenos Aires. Una de esas abuelas era Matilde Artés, madre de su madre. Carla les contó que, un día de 1985 —cuando tenía diez años de edad— vio en la televisión a una mujer que exhibía dos fotos: Ésta es mi hija Graciela, desa*parecida con 24 años, y ésta mi nieta, Carla.* La foto de la niña era idéntica a la primera foto que Carla guardaba de su infancia. Cuando preguntó el porqué de aquello a su familia, recibió un nuevo castigo. Su inquietud terminó la madrugada en la que detuvieron a sus supuestos padres y un juez le anunció que tenía una abuela. Matilde, la anciana de la televisión, asfixiando la emoción, le enseñó fotografías de una chica embarazada y de una nena recién nacida y, por allí, empezó a devolverle su pasado: sus padres auténticos, dirigentes estudiantiles del Partido Revolucionario de los Trabajadores, desaparecieron en 1976, cuando Carla tenía nueve meses. La mujer a quien ella creía su madre no podía haberla parido, porque se sometió a una histerectomía en 1973. Su padre, Enrique, murió torturado en Bolivia. Graciela sufrió el tormento de *papá,* un siniestro matón de la Alianza Anticomunista Argentina, la Triple A, en Automotores Orleti, un centro clandestino de detención y torturas en las afueras de Buenos Aires, hasta su desaparición. En las pruebas genéticas de abuelidad, Carla dio noventa y nueve con noventa y ocho por ciento de consanguinidad. En los exámenes clínicos se le descubrió una sordera de treinta por ciento en un oído y de cuarenta por ciento en otro. Según los médicos, el daño había sido provocado por las golpizas que sus padres simulados le propinaban, cuando pequeña. Chiriboga le dijo al rey que Rosa Montero le había dicho que la muchacha tardó cerca de dos años en odiar a sus *padres* y en llegar a entender algo del porqué de las cosas. Sólo entonces, Marcelo retomó el paso: advirtió que los regímenes autoritarios, aun cuando se llamen revolucionarios, tarde o temprano terminan persiguiendo a los escritores, sometiéndolos a vergonzosos procesos de *rectificación* pública, desacreditándolos con sucias operaciones de los aparatos de seguridad y recluyéndolos en infamantes Gulag. Su majestad, le dijo, los lectores de *El capital* no sienten repugnancia por las dictaduras llamadas de izquierda, pero eso jamás ocurre con los lectores de *Don Quijote de la Mancha*, porque nuestro ingenioso hidalgo, con su triste figura, encarna la mayor libertad posible en el ser humano, la de imaginar. Además, Chiriboga se pronunció contra las injusticias, contra la pobreza en el mundo, en especial, en Latinoamérica, y llamó a combatir el ilimitado y ofensivo poder de agio de las corporaciones multinacionales y la vergüenza que significan para la especie las guerras y el negocio de las armas —que se atiborran en África y producen montañas de cadáveres humanos—, el comercio de personas y las naves de los locos que se abaten por los mares del planeta, repletas de hombres y mujeres desesperados por alcanzar Europa, huyendo de la violencia política o económica.

El País editorializó que ese discurso había sido uno de los más frontales y radicales, desde que el Cervantes se entregó a Alejo Carpentier. *La voz de América Latina sacude en Alcalá de Henares*, tituló en su columna Miguel Ángel Bastenier, en la que elogiaba al escritor premiado. Con todo esto, la *marca* Marcelo Chiriboga se hizo tan popular como Volkswagen, y era mía. Así que administré sus comentarios semanales en varias revistas y periódicos europeos y americanos, merqué las reimpresiones de sus libros y organicé su complicada agenda, pues no había universidad estadounidense que no se esforzara por brindar a los estudiantes de Literatura la oportunidad de escuchar, en vivo, y además dialogar, con uno de los escritores más mediáticos y carismáticos, que también me pertenecía.

Sólo una vez estuve en la casa de habitación del embajador, en París, supongo que pagada por la Cancillería ecuatoriana. Fue en una reunión íntima en que festejamos el Cervantes y en la que Adèle se esmeró en la cocina, con la ayuda de las esposas de los secretarios de su marido, funcionarios de carrera. Allí pude ver los magníficos cuadros de Pablo Oquendo, un pintor que, a mi modo de ver, debiera tener más renombre y más dinero. Pero, decían, todo lo que él vendía se destinaba a sostener a su insaciable, y costoso, clan familiar en Ecuador, y a *comprar* el tiempo que él necesitaba para trabajar. Nunca me acostumbré a Chiriboga en el papel de diplomático. No encajaba en todo ello, pero él aparentemente lo disfrutaba. No obstante, en esa vez, el gusto le duró poco. El Arquitecto decidió reemplazarlo debido a que la embajada en París había sido una de las exigencias de la oposición en el Congreso, con la que había llegado a acuerdos para salvar a sus ministros tras furibundos juicios políticos. De modo que él volvió a la rue Brea, cargado de mucho prestigio, que yo convertía en metálico, desde mi discreta atalaya, donde lo monitoreaba todo. Publicamos un nuevo libro, *El vuelo de los gallinazos*, escrito en París: un ensopado salobre, intencionalmente mal disimulado, o voluntariamente descomedido, de los escritores del boom, particularmente de la obra de José Donoso —*un autor que pierde todas las batallas con el idioma*—, y de la de Ernesto Sábato —*aquel novelista trivial y estereotipado*—. Una amarga novela de tono autobiográfico, en cuyas páginas revivió Buenaventura del Espíritu Santo, convertido en insigne comemierda, se diría en el idioma de Cabrera Infante. Para el comemierda de esa novela, únicamente un escritor latinoamericano, uno sólo, al que por cierto no se nombra, vale la pena llamarse como tal. Aquel anónimo gran autor es el único que pudo leer a todos los clásicos, como es debido, y empaparse de mundo, antes de sentarse a escribir como Dios manda. Claro, era hijo de papá, heredero universal de un latifundio tan grande como Guipúzcoa, creador de un mundo literario circular donde vegetan los mismos personajes, saltan de un libro a otro porque, misterios de misterios, nacieron dotados de la gracia de la ubicuidad y la talla única.

El vuelo de los gallinazos fue lo peor que pudo haber escrito, en criterio de muchos, nada comparable, ni por asomo, con *La caja sin secreto*, respecto de la cual había ene años luz. La polémica fue ruidosa, naturalmente incruenta. Pero no demasiado grande. Las ventas, ellas sí, desproporcionadas. No sé si ya lo dije: una mujer de oro jamás se oxida. Y, si no se oxida, sonríe.

En ese momento de su vida, mientras *efectuaba el misterioso tránsito de la madurez a la ancianidad* (Cfr.: José Donoso, *Donde van a morir los elefantes*), fue invitado a la universidad estadounidense de San José — Saint Jo, para los gringos—, en cuyas aulas, por cierto, cada verano, impartía cursos el escritor chileno. Le propusieron que participara en un seminario acerca de la invisibilidad de la literatura ecuatoriana en el mundo hispanohablante. Para Chiriboga, el tema, así planteado, era insustancial y encubría lo que él consideraba el verdadero problema de los autores de su país. En aquella forma de mirar la cuestión—la temperatura en las sábanas—, el meollo del asunto aparecía extraliterario y conducía a enredarse en factores ajenos al del ámbito de la creación, como la gestión cultural del Estado y de las instituciones públicas, pero también de las privadas, la ausencia de becas y estímulos económicos para los escritores, amén de la poca o nula relevancia del país, como tal, en el ámbito regional y mundial, en particular en lo que tenía que ver con la cultura. En apariencia, desde la llamada gran literatura social de los años treinta, en su país no había ocurrido nada más importante en las letras. Quienes sostenían que era sólo una apariencia pretendían argumentar que sí había ocurrido una producción significativa, tan valiosa como la precedente, pero que ni social ni políticamente había sido valorada como un patrimonio del país, por oscuras razones políticas e ideológicas que, además, no permitían un necesario roce internacional a los escritores. Justamente, Chiriboga discrepaba en eso. Aseguraba que lo publicado, sencillamente, no tenía valor. Para él, no era más que un pretexto fútil aquello de que los escritores de los años treinta habían proyectado una sombra muy larga y espesa, que no terminaba de evaporarse. Él creía que lo de fondo tenía que ver con la penosa calidad de lo que se había escrito y de lo que se venía escribiendo. No se había superado un provincialismo temático y nadie había osado sumergirse en la experimentación estilística. Palabras más, palabras menos, así se lo planteó al auditorio en la universidad de San José. Fue así que la bronca se encendió de modo natural, porque en la mesa también participaban dos anónimos escritores ecuatorianos, quienes, entonces, lo acusaron de europeizante, amanerado y reaccionario. Pero las razones de Chiriboga fueron apoyadas por algunas voces sonoras del auditorio, en especial, por el chileno Gustavo Zuleta, a quien se consideraba el más notable de los expertos en la literatura de Chiriboga, un erudito chiriboguista. Zuleta dijo que el fenómeno experimentado por los escritores ecuatorianos también era sentido por los de Chile. Al escucharse un rumor en la sala, se apresuró a decir que, a su juicio, Isabel Allende no era más que una mala imitadora de García Márquez y que Pablo Neruda —al que llamó Nerón varias veces, como lo siguen haciendo algunos chilenos— era un salmón de otra hueva. Y que, más bien, ellos contribuían a la invisibilidad de los grandes novelistas chilenos que permanecen en el anonimato, ejerciendo mil oficios para sobrevivir.

Marcelo permaneció varios días en San José. No se aburrió en ese lugar, tan insípido como el Marshalltown de su gringa, porque el chiriboguista número uno le invitó a un coloquio en su casa, adonde llegó diciendo que estaba dispuesto a hablar de todo, incluida la literatura, si alguien estaba interesado en ella. Allí, conoció a varias personas mientras bebían jugo de toronja con algo de alcohol, en vasos de plástico, y conversaban de cine y de política, mejor dicho, en tanto festejaban las desventuras del presidente, quien había sido pillado por una pasante que le practicaba felaciones en la célebre oficina oval de la Casa Blanca y, jovencita precavida, atesoró su semen en un vestido azul. Se interesó por Rubi Macnamara, una chavala obesa, de rasgos soberbios, que chapuceaba el español y pretendía iniciarse en el club del profesor Zuleta, a quien, vale decirlo, Chiriboga consideraba un papanatas y, por ello, se dejó llevar por la tentación de hacerle algunas bromas pesadas y no tasó burlas crueles para él, en un par de ocasiones. La gorda Rubi habrá sentido curiosidad por ese espécimen de piel cetrina y el pelo plateado, y no le molestó su frescura cargada de frases arrogantes. Por ello, no hizo eco cuando alguien se le acercó al oído para decirle que la gente como Chiriboga está convencida de que su tiempo vale oro y el de los demás, nada; se creen la muerte; son todos cortados por la misma tijera. Oyó y sonrió. Durante tres días, él le dio vueltas como un moscardón, para lo cual le pidió que le sirviera de guía en la universidad y en los alrededores del pueblo y la convenció de que lo acompañase a San Francisco —un rápido viaje en tren—, porque allí se presentaba el trío D'ante-Viena, que iba a tocar *Las cuatro estaciones porteñas*, de Astor Piazzolla. Le dijo que las había visto actuar en París, que para ella iba a ser inolvidable ver a tres mujeres en espléndidos vestidos negros, interpretando una creación melancólica, voluptuosa y dramática del mayor músico del siglo veinte, al piano, al violonchelo y al violín. Jamás me lo confesó, pero, sin duda, era un extraordinario pretexto para follarse a la gorda, lejos de su pueblo, donde ella pudiera sentirse libre de vigilancia y, él, más cachondo; y, de paso, volver a ver en persona a la sensual Teodoroa Miteva, las piernas abiertas, los ojos cerrados, los labios muy apretados, tocando un chelo de Honoré Derazay, fabricado en

1860: la imagen, sospecho, resultaba irresistible para el morbo de un kikiano. Luego del concierto, inolvidable, según Marcelo, vagaron por el Fisherman's Wharf, cenaron mariscos en el Pier 39 —nunca se había visto un apetito como el de la rolliza Rubi—, tomaron unas copas en el Boom Boom Room y se hospedaron en el Hilton. Allí se besuquearon. La gorda sabía a Jack Daniel's. Fumaron unos porros, alelados por la vista de la ciudad desde el piso veintidós. Atacados por una risa incontrolable se desnudaron. Ella lo recibió con las piernas en compás, sin dejar de reír. Olía levemente a plumbagina. Marcelo se disponía a cumplir una de sus más roñosas fantasías, pero su cuerpo no respondió. *Oye a la túnica en que estás dormido, oye a tu desnudez, dueña del sueño.* Rubi lo abrazó como a un niño y, poco a poco, él se fue calmando sobre aquella soberbia humanidad, aunque su cabeza daba vueltas. Se durmió profundamente. Soñó que caminaba descalzo por una interminable playa del Pacífico. Le producía placer el sentir la fina arena entre los dedos de los pies y aquel inevitable, pero leve, traspié en cada paso que daba. Asimismo, le era placentero mojarse con la espuma tibia que arrastraba caracolillos y conchas desmenuzadas. Y, también le agradaba que la brisa le enmarañase su larga cabellera. Contempló extasiado cómo un grupo de pescadores jalaban la red hacia la playa, abrumados por bandadas violentas de pájaros hambrientos. Disfrutó con cada cuchillada que abría el vientre de atunes, bonitos y corvinas; con el espectáculo de la evisceración; con las nubes de moscas alocadas por una compulsión de olores intensos; con el agua sanguinolenta arrastrando los mondongos hacia el mar; con los perros disputándose las vísceras. Siguió con el mismo ánimo, aun cuando, de repente, se encontró solo, mirando el vuelo de las gaviotas, como un náufrago. A lo lejos, en esa playa interminable, vio que alguien caminaba hacia él, pero esa figura de pronto alzó el vuelo, como un ave o un ángel, Pegaso o Arpía, parapente o libélula. En el instante en que aquella esencia volátil iba a pasar por sobre su cabeza, una voz lo llamó. Entonces, despertó. Rubi Macnamara estaba a su lado, hablando por teléfono con el chileno Zuleta. Realmente, cuchicheaba con él. Marcelo sintió algo parecido a los celos, pero enseguida pensó que sentir eso era estúpido. Al percatarse de que lo había despertado, ella lo miró con ojos de culpable y una sonrisa de qué insensible he sido.

—Sorry, daddy.

La gorda era una pintura. Cara de Barbie. Cuerpo de ballena, turgente, macizo, de pequeñas tetas y grandes nalgas. Había escapado de un cuadro de Botero con el único propósito de producirle una dicha indescriptible, personal, pancista. Marcelo me confió que, entonces, aunque seguía sintiéndose mareado, se escurrió por debajo de las sábanas e hizo con la lengua lo que no pudo con la polla. Allí, me dijo, encontré la fuente del olor a lápiz, el olor de mi infancia, el que había estado buscando sin saber lo que buscaba. Y, que en su cabeza, un disco rayado de acetato le repetía, sin pausa, aquello de viva lo bueno abundoso, viva lo ajamonado y viva el tejido adiposo con el pellejo estirado

Pero, vamos, ¿era cierto ese final chiriboguiano? Yo me inclino a pensar que la ballena continuó hablando por teléfono con su gurú literario y Marcelo optó por encerrarse en el cuarto de baño. Es posible que Zuleta estuviese verificando con ella, en caliente, la certidumbre de que el conocimiento directo de los escritores es nefasto o brutal, porque ellos se encargan, sin saberlo, de destapar una realidad que se oculta con montañas de palabras; son ellos lo que rompen el encantamiento al banalizar la idealización que se forman los lectores respecto de ellos, los escritores, quienes se aporrean con las palabras y con las mentiras: palabreros, mentirosos, egoístas, narcisistas. Quizá los dos constataban que lo que ella había descubierto en la cama era lo mismo que él había experimentado en el incómodo trato directo con el escritor más admirado, más analizado, más leído y más estudiado por él. Nunca lo sabré con certeza, pero, ¿qué importa?

Cuando lo nombraron embajador en Roma, nada de esto había pasado todavía. Ya su carrera era prometedora, metido a la fuerza entre quienes escribían la llamada *nueva novela*. Sus historias sucedían en ambientes urbanos, muchas veces comunes, en las que el pasado era, sobre todo, metáfora. Libros con una denuncia social más poética que militante, pero antiburgueses y antimilitaristas, mordazmente alegóricos.

Una narrativa desconocida, en que el lenguaje aparecía como un organismo vivo y autosuficiente, donde las cosas maravillosas eran tratadas como ordinarias y, las comunes, como extraordinarias. La literatura chiriboguiana embelesaba a Gustavo Zuleta porque había inaugurado el diálogo sin interlocutor, ensayaba una nueva concepción del tiempo y del espacio, proponía un uso distinto del monólogo interior. Todo esto y mucho más escribió él, en múltiples monografías y artículos especializados, de *La caja sin secreto*, de *Polvo de levadura*, de *El color del agua regia* y de *Las fronteras interiores*. Aquella manera de escribir daba a sus libros un inimaginable potencial expresivo. Así, la narrativa de Chiriboga se situaba entre lo mejor de lo que Emir Rodríguez llamaría *novela del lenguaje*, una definición que no puede contener un elogio mayor, ni ser mejor.

—Ven a París. Lo celebraremos en el Shannon Pub, que está a dos pasos de mi apartamento. Nos lo merecemos, Polaquita. Te lo pide de rodillas el flamante embajador del Ecuador en Italia. Per favore, signora mia.

—Nuria, quería oír tu voz una vez más y decirte por enésima vez que cuentes con mi oferta permanente de matrimonio, a pesar de la diferencia de sexo.

Por alguna razón, el mensaje de Marcelo Chiriboga se había quedado grabado en el contestador automático de mi casa. Volver a escucharlo me causó tanta risa como la primera vez, pero ya con un regusto chocante. No deja de ser extraño oír, sin previo aviso, la voz de alguien que ha muerto y con quien se han mantenido interminables conversaciones que, en todo caso, condujeron a una amistad construida sobre la base de beneficios económicos recíprocos, suficiente química y alguna inevitable discrepancia. Esto del matrimonio era una broma frecuente de Marcelo, quien sabía de mi determinación de no embarcarme en un casamiento, ni siquiera con una mujer. La primera vez que intentó seducirme él estaba de paso a París. Lo invité para la presentación de su novela, que había sido publicada por Anaya con el sello de Alianza Editorial: era el fruto de mi trabajo como su agente literaria y yo estaba contenta. De modo que luego de un agradable encuentro con los editores, en el Botafumeiro, me parece recordar, lo acompañé hasta su hotel: debía entregarle una suma que se había anticipado por esa edición y formalizar nuestro acuerdo profesional. Nos sentamos en el bar próximo al vestíbulo. Pedimos unas copas. Las cosas quedaron rubricadas en blanco y negro, sin contratiempos, pues ambos capitulamos que la asociación podía ser provechosa para los dos y él se sentía realmente feliz de contar conmigo en el corazón de la industria editorial en lengua española, que se estaba convirtiendo en la verdadera capital de la literatura hispanoamericana. Advertí que tocábamos las puertas de la intimidad cuando le dio por hablar de su vida en la casona de Regina Monteprieto y me ofreció su versión de la ruptura. Se estaba enchispando con los Negroni que bebía con incitación, así que me puse de pie, con la excusa de que el día siguiente debía presentarme muy temprano en la oficina. Entonces me tomó de la mano y me invitó a su habitación. Lo miré emocionada —soy una perra sumisa, que agradece las ternezas de donde vengan, porque me agrada si alguien me hace sentir bien con lo que soy—. Le di un beso en la boca, el único en tantos años. Y le dije que podíamos llegar a ser cómplices, pero jamás amantes, a menos que nos propusiéramos malograr nuestro negocio. Me acerqué a su oído y le susurré: Jamais avec les clients, Marcelo. Jamais. ¿Te enteras? Entonces, salí de allí.

Unos años más tarde, él ya vivía con Adèle de Lusignan, lo visité en París, asimismo por motivos profesionales. En mi cartapacio llevaba el cheque por la venta de su libro y el contrato para la nueva nouvelle. Puesto que Adèle se hallaba indispuesta debido a un eccema alérgico, lo acompañé al programa de Bernard Pivot, luego de una borrascosa tormenta de ideas y muchas sugerencias —en esa vez me sentí como aquel coach que grita al boxeador desde una esquina del ring y, entre los asaltos, lo asiste con una banqueta y una esponja cargada de agua y anestésico—. Ya que Pivot siempre terminaba el programa con sus diez preguntas para el invitado, le ayudé a preparar las respuestas. Dijo que su palabra favorita era épingle. Y racisme, la que menos le gustaba. Y lo que más placer le causaba, el sexo oral. ¿Qué es lo que te desagrada?, le preguntó Pivot. Chiriboga contestó: l'odeur des aisselles. También: la sirène de la police, el sonido que aborrezco. La voz de Edith Piaf, el que mayor placer me produce. ¿Cuál es tu mala palabra favorita? Contestó: carajo, en español, y Pivot la tradujo por fuck, argumentando que no había una palabra similar en francés. A la pregunta de qué otra profesión le hubiese gustado ejercer, dijo: couturier. Asimismo, que jamás ejercería la proctología. Y, cuando, finalmente, el famoso presentador le preguntó: si el cielo existiese y te encontraras a Dios en la puerta, ¿qué te gustaría que te dijera? De acuerdo a lo planificado,

Chiriboga demoró unos segundos antes de contestar: Vous ne pouvez pas entrer, tu as une deuxième chance. No puedes entrar, tienes una segunda oportunidad. Eso también hace una agente literaria que consigue contratos astronómicos, como los que alcanzaba en esa época de oro con Marcelo, con Gabo y con Mario, y ahora, además, con Isabel Allende y José Saramago. A veces, pienso que el éxito se lo debo a que siempre me inspiró una concepción personal de lo deslumbrante de la existencia y, en consecuencia, siempre procuré comportarme de acuerdo a cómo me gustaría que fuera la vida. Luego de aquello, Marcelo insistió en que nos encamásemos. Tal vez su debut en la televisión parisina produjo en él un ánimo festivo, o vengativo, pues en verdad los diálogos de Pivot eran vistos por, virtual-mente, todos los testigos y actores del mundo cultural de Francia. Una fiesta de venganza y él como invitado de honor, nada menos.

– Merci beaucoup, madame Sagan!

Fue cuando le recordé lo que le había dicho aquella vez que lo besé. Además, sentí la necesidad de reve-larle que no me gustaban los hombres, aun cuando no tenía nada contra ellos. Que siempre había preferido a las mujeres y que entonces vivía con una mujer, de la que me sentía muy enamorada. Se llama Silvia. Es abogada. *Mi* abogada, añadí. ¿Quisieras conocerla? Asintió moviendo la cabeza, sin poder disimular su desconcierto. Y se comprometió a cenar en nuestro piso cuando viajase a Barcelona, lo que ocurrió apenas tres semanas más tarde. El gusano del desconcierto había sido engullido por el pájaro de la curiosidad. Se presentó con flores en la mano, que nos repartió por igual, y una botella de cava Codorníu. Como imaginé lo qué pretendía, con Silvia habíamos acordado comportarnos de modo que le fuese imposible saber cuál de las dos tenía el rol activo, algo que es una turbadora obsesión para los machos alfa, y resultó muy divertido, pues en unos momentos las dos actuábamos muy femeninas y, en otros, tan masculinas. Silvia y yo usábamos el cabello corto, nos maquillábamos con coquetería — no éramos una pareja de tríbadas varonas, caricaturas de amazonas bigotudas, de aquellas que no admiten ni siquiera una sombra en los ojos— y nos habíamos vestido como para la pasarela. Comimos besugo a la donostiarra y supongo que Marcelo nos imaginaba teniendo sexo, y tal vez, el pobre soñaba con que la cena terminaría con una ménage à trois porque apenas probó un bocado y bebió mucho vino además del cava, pero en ningún instante fue imprudente, como si hubiese llegado con su otro yo, o que este otro yo se hubiera impuesto en aquella visita. Antes despedirse nos regaló un aro de oro de dieciocho quilates a cada una y, después, nos besó en las manos, como un súbdito. Quizá usó la palabra reinas, o princesas — Marcelo podía ser felizmente ridículo—, pero no puedo recordarlo con exactitud. Silvia contenía la risa y yo estuve a punto de estallar en carcajadas observando al comanche de Coyoacán en el papel de padrino oficioso.

—...a pesar de la diferencia de sexo.

Cuando murió Marcelo recibí múltiples condolencias, como si yo fuese la viuda, y no, Adèle. Carlos Fuentes me envió una nota escueta, pero extraña: *La muerte de mi amigo Marcelo, especialista en amar a las gordas, me ha privado el placer de comparar notas con ese sabio, ignorado y sensual escritor, quien ahora, a la vera de Dios, repetiría la consabida oración de los habitantes de la antigua capital incásica conquistada por Sebastián de Belalcázar: «En la tierra, Quito, y en el cielo un hoyito para ver a Quito». Ahora, Nuria, sólo quiero un hoyito para ver el hoyito de una gordita. Con un abrazo, desde la frontera de cristal.* No le respondí, pensé que era lo mejor.

EL 26 DE FEBRERO DE 2001 era miércoles, según creo recordar. Aquel día escuché el mensaje de Marcelo en el contestador en mi casa y, rara coincidencia, recibí un paquete en mi oficina. Estaba dirigido a mí: Doña Nuria Monclús. Agencia Literaria N&M. Passeig de Gràcia, 36 2º 2ª, E-08007. Me agradó aquello de doña (cuanto más vieja, más vanidosa, pensé). El envío no consignaba el nombre del remitente. Contenía un manuscrito de ciento noventa y nueve folios enroscados con una espiral de plástico. El paquete también traía una carta.

Chiriboga había iniciado la escritura de su último libro luego de que le anunciaron que su enfermedad no tenía remedio. Ni Adèle ni yo pudimos conocer de qué diablos se trataba —el libro, porque del cáncer, sí— ya que, al compás del avance de su enfermedad, él se tornaba más silente y mustio, pero puedo presumir que concluyó el original y escribió la carta bastante antes de que tomara por costumbre mirar durante interminables horas el retrato de la niña Vernet y los árboles del bulevar Raspail, en su piso de la rue Brea. Querría ver la expresión en su rostro, ahora, si él pudiese constatar lo que Adèle hizo con el bendito cuadro y el perro, si viese con quién ella amanece en su cama —*un individuo muchísimo más joven que ella y, según la fotografía publicada en una revista del corazón, con aspecto de macró argentino*—. Ella, con una sonrisa en los labios, diez años menos y todo nuevo, malva, fucsia y cardenillo en el guardarropa. Nunca es tarde para volver a sentirse mujer, diría Corín Tellado, pero no, Clarice Lispector.

—Le entró comején al piano.

Su carta de despedida no me afectó tanto como se pudiese imaginar. Y, aunque me conmovió, soy de carne y hueso, apenas escurrí una lágrima por Marcelo, puesto que se trataba de una despedida definitiva. Me había acostumbrado a las de otra naturaleza. Cada vez que un autor me despedía, todas las veces, pasado un tiempo, regresaba a meterse bajo mis faldas, como con un Óscar Matzerath cualquiera, temblando de miedo, sintiéndose un enano avergonzado y solo. Sin embargo, una vez, la despedida casi me mata: fue la de un autor al que consideré un genio sin parangón en el siglo veinte luego de leer su manuscrito, a quien, algo inusual, le había escrito exponiéndole mi interés en representarlo. No sé qué me pasó con él, pues los autores hacen fila por mí; los políticos buscan mi asesoramiento para crear nuevos premios literarios; los periodistas me piden entrevistas que jamás les concedo; las editoriales multinacionales esperan semanas para que reciba a sus visires; me buscan de todo el planeta. El genio estuvo de acuerdo. Pero, luego, había pasado algo más de un mes, sin explicaciones me comunicó que me dejaba. Aquello provocó que llorase sin consuelo noche y día, seducida y abandonada, Platón en estado puro, o Sor Juana, ídem, hasta que, gracias a Dios, o a Freud, mi psicoanalista me demostró que berreaba por vanidad, porque era yo la que me sabía genial y, en consecuencia, no podía ser repulsada por ningún ser *inferior* a mí. Never more, dijo el cuervo. Nunca más.

El manuscrito llevaba por título *Las segundas criaturas*. ¿Dónde he leído esa frase? ¿Dónde?, me pregunté. Presumo de buena memoria: en un par de minutos ya tenía la punta del ovillo. Busqué en mi Vitabrevis. Allí permanecía el papelito que Marcelo puso en mis manos la noche en que lo conocí, veintiséis años atrás. El tiempo había dejado una huella amarillenta sobre lo que allí había escrito, unos versos de César Vallejo:

Entre el dolor y el placer median tres criaturas,
de las cuales la una mira a un muro,
la segunda usa de ánimo triste
y la tercera avanza de puntillas;
pero, entre tú y yo,
sólo existen segundas criaturas.

En el sobre de la carta, decía: *En suma, no poseo para expresar mi vida, sino mi muerte*. Reconocí su letra. Esto es lo que encontré allí:

Querida Polaca:

Cuando leas esto estaré muerto. Ojalá que Adèle me haya consentido y haya depositado en Père Lachaise lo que quedó de mí. Espero que no se haya desembarazado de mi fiel Smarrh ni del retrato de la pequeña Louise Vernet. Tú también habrás creído que pedí que me enterraran allí por vanidad, pero el motivo era otro. Por supuesto que me sentiré vivo *reposando cerca de los huesos de mi amada Edith, de mi admirado Proust, de mi querido Wilde, y de los inmortales, como Asturias o Balzac. Sin embargo, lo arreglé todo para que mi tumba estuviese cerquita de la de Víctor Noir. Este Víctor es la clave, Polaca. Y la palabra no es vanidad sino envidia y, tal vez, anhelo. Quizá conozcas que Víctor Noir fue un periodista al que asesinaron, creo que en 1870, desde luego por un lío de faldas. Sobre su tumba hay una estatua, hace las veces de lápida, que lo representa tendido, tal como cayó muerto por un pistoletazo en el corazón. El bronce ostenta unos tercios bastante abultados en la entrepierna de la figura, por lo que hace mucho tiempo se convirtió en objeto de un extraño culto, que me apasiona, de mujeres angustiadas, o esperanzadas, que se restriegan contra ese bulto, con la ilusión de superar los problemas para quedar preñadas. Cuando vengas a París, Polaca, visítame si te animas, y de paso podrás constatar la turgencia de mi vecino: dorada, brillante como el oro, por el continuo frotamiento, con un fulgor que apaga la pátina verdosa del resto del metal. Si tienes suerte, podrás ver a alguna femme, mariée o jeune fille, con el culo sobre ese sepulcro, restregándose, sin recato. Dije envidia y anhelo. Envidia de que a uno lo amen con ímpetu carnal, aún después de muerto; anhelo de estar tan cerca de la vida, porque no hay nada que junte más a la vida y a la muerte que el sexo. Creo que me comprendes. Con tu cabezota siempre me entendiste con facilidad.*

Cuando leas el manuscrito, ya lo habrás visto, quizá te incomode que haya usado tu voz para contar mi vida y la de otros. Si no, te reirás con ganas o, como alguien decía, con una cierta sonrisa. Ten por seguro que mi calavera también mostrará los dientes y no habrá modo de impedírselo. He escrito esta novela sin que jamás me abandonase el sonido de tu voz. Sentí que me dictabas cada palabra y el parto fue menos solitario. Es que siempre procuré encontrar la voz adecuada para cada uno de mis libros y, si esa voz era la de un narrador endiosado, nunca me sentí satisfecho. Vos resultaste ser la mejor narradora que pude imaginar para esta novela. No podía hacerlo de otro modo porque, créelo o no, nunca comprendí la totalidad de lo que narra este libro que ahora está en tus manos. Constatarás que terminó siendo un collage de suposiciones, seudónimos, historias robadas e inventadas. Creo habértelo dicho en alguna ocasión: nada existe mientras alguien no lo cuenta y, cuando lo hace, ya es una existencia habitada por la imaginación del narrador. ¿O lo dijo Donoso? Es de eso que te estoy escribiendo por última vez y es de lo que siempre te escribí, desde que nos conocimos en Coyoacán, ¿no? ¿Qué harás con el manuscrito? Ahora ya no puedo incidir en tu decisión. No puedo pedirte que lo eches al fuego porque conoces como nadie que siempre

fui demasiado vanidoso: no hubo una mujer como vos, con
tantos cromosomas equis para hacer una fortuna de algo
tan inútil como la literatura, y tan intangible y deprimido
como los derechos de los autores que has representado. Con
esos cromosomas sabiamente administrados te convertiste
en poderosa e influyente. De modo que pensarás: si incluso
después de muerto Chiriboga representa el veintinueve por
ciento de mis ingresos, esta novela podrá subirlos a treinta
y tres o, quizá, más. Y contra esa lógica no puedo hacer
nada. Es más, la comparto y aplaudo. Así que la enviarás
al editor, sin pensarlo más. Cierta vez te escuché decir que
con un autor tan exitoso como yo podías organizar un
partido político, instituir una religión, hacer una revolu-
ción pero, jamás, iniciar un incendio. Siempre me burlé de
tu otro yo bomberil, pero allí radica tu instinto y tu talento.

Ahora que me asfixia Bizancio, y que dormita la sangre,
como flojo coñac, dentro de mí, quiero decirte que fue
bueno conocerte, Nuria Monclús, dona paraigua, Calíope
catalá. No te ofrezco disculpas por todo lo que debería.
Tampoco reclamo explicaciones. Ya nada tiene sentido.
Nada. Todo ha sido apenas un juego de palabras. ¡Qué
frío hay... Jesús!

Tu Comanche,

MCh.

AGRADECIMIENTOS

El manuscrito de *Las segundas criaturas* fue leído por Ángela García, Andrés Cadena, Annamari de Piérola y Miguel Ángel de Toro (†). Sus comentarios y observaciones templaron el tejido narrativo. Por ello, el autor deja constancia de su reconocimiento.- DCM

DIEGO CONEJO-MENACHO (Quito, 1949)

Ha sido profesor del Diplomado de Periodismo en la Universidad Técnica Particular de Loja, Ecuador; redactor, columnista y subdirector de Diario *Hoy*; maestro de Crónica Periodística en Diario *Expreso*; director regional de Noticias de Ecuavisa, en Quito; director de la Asociación Ecuatoriana de Editores de Periódicos. Desde junio de 2017 vive en California, donde escribe y pinta

En 2008, el Municipio de Quito le otorgó el «Premio Nacional Joaquín Gallegos Lara» a la mejor novela escrita en ese año, por *Miércoles y estiércoles*. En 2013, en Denver, Colorado, fue distinguido con el "Gran Premio SIP-Libertad de Prensa". Recibió en 2014 la Condecoración al Mérito Cultural "Eduardo Kingman", conferida por la Cámara de Comercio de Quito. También recibió el Premio Nacional de Periodismo «Símbolos de Libertad» para el mejor reportaje escrito, en dos años consecutivos, 1994 y 1995, que se publicaron en *Hoy*.

Ha expuesto su trabajo plástico en el Instituto Ecuatoriano Brasileiro de Cultura, en el Colegio de Arquitectos del Ecuador y en el Museo de la Acuarela de Quito.

Ha publicado: *Garabatos* (relatos breves, 1994); *Crónica de un delito de blancos* (informe periodístico, 1996 y 2012); *Gato por liebre* (novela, 2006); Miércoles y estiércoles (novela, 2008); *Las segundas criaturas* (novela, 2010); *Nux vómica* (antología periodística, 2011); e *Inés Aranda* (novela, 2014).

www.ingramcontent.com/pod-product-compliance
Lightning Source LLC
Chambersburg PA
CBHW021234250626
47155CB00008B/3001